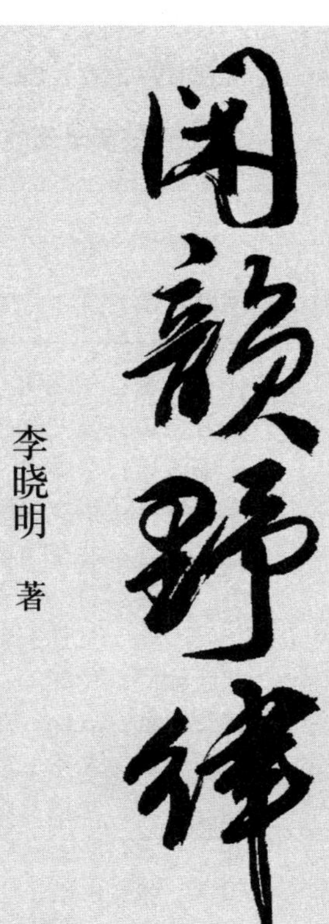

李晓明 著

華文出版社
SINO-CULTURE PRESS

图书在版编目（CIP）数据

闲韵野律 / 李晓明著. -- 北京 : 华文出版社
2022.11(2023.6重印)
ISBN 978-7-5075-5644-5

Ⅰ. ①闲… Ⅱ. ①李… Ⅲ. ①诗词—作品集—中国—当代 Ⅳ. ① I227

中国版本图书馆 CIP 数据核字（2022）第 209121 号

闲韵野律

作　　者：李晓明
责任编辑：吴文娟
美编设计：李琳琳
出版发行：华文出版社
地　　址：北京市西城区广安门外大街 305 号 8 区 2 号楼
电　　话：总 编 室 010-58336239　发 行 部 010-58336202
责任编辑 010-58336192
邮政编码：100055
网　　址：http://www.hwcbs.cn
经　　销：新华书店
印　　刷：永清县晔盛亚胶印有限公司
开　　本：889mm×1194mm　1/32
印　　张：6.625
字　　数：80 千字
版　　次：2022 年 11 月第 1 版
印　　次：2023 年 6 月第 2 次印刷
标准书号：ISBN 978-7-5075-5644-5
定　　价：56.00 元

作者简介

李晓明，新西兰华人，1956 年生于上海。获英国斯特拉思克莱德大学经济学博士，后任谢菲尔德大学博士后研究员。现任新西兰梅西大学经济金融学讲席教授、博士生导师。曾任教授职称评委会委员，并兼职南京大学教授。在国际经济学界发表论著 160 余篇（部），英文论文下载率在全球经济学界排名前 1.49%，论文被引约 1,800 次。担任多家英文经济学期刊国际编委或副主编、特刊主编，英文出版社经济类专著提纲、多所英联邦大学科研资金申请、高级职称申请及博士论文评审专家。荣获中国“国家自然科学基金”、亚太经合组织金融与发展研究资金（排名第二）、英国“国际发展研究资金”、两度应用经济学优秀论文奖（国际）、第四届江苏省金融学会论文一等奖等科研资助或奖项。入选《世界名人录》《全球炎黄子孙杰出海外华人名典》，荣登中国哲学社会科学最具影响力学者经济学榜。2016 年起业余自习诗词，荣膺 2022 年“风雅杯”新时代诗词美文笔会一等奖，第三届“诗词中国”传统诗词大赛（海外组）二等奖，第四届“诗词中国”传统诗词大赛（海外组）三等奖，第五届“诗词中国”传统诗词大赛（海外组）一等奖，纪念周恩来诞辰 120 周年全球华语诗词大赛年度二等奖，全球汉诗总会“王维杯”山水田园诗大赛港澳及海外特别奖，“天籁杯”第十四届中华诗词大赛金奖，第八届黄鹤楼诗词大赛优秀奖，第三届“中华情”全国诗歌散文联赛金奖，第四届中外诗歌散文邀请赛一等奖、最佳诗歌奖，首届全球大成国诗赛“诗举人”“诗进士”等。诗词作品发表于 2022 年诗词日历《诗词作伴》及《诗情墨韵每一天 2022》《神州乡土诗人》《诗词中国》《当代诗词》《云帆当代诗词年鉴》《皖风徽韵》《诗词世界》《江海诗词》《诗天下》《寰球诗声》《综合吟坛》（纽约）、《汝水拖蓝》、《韵墨情雨》（特约主编）、《天籁之音 XIV 第十四届“天籁杯”中华诗词大赛优秀作品集》《流派》等纸质诗刊或诗集，以及《云帆诗友会》等诸多电子诗刊个人专辑或合辑。现为中华诗词学会、安徽省诗词协会会员。

在南京理工大学作学术讲座

访问上海证券交易所

游览昆明滇池时留影于大观楼前

游览土耳其伊斯坦布尔欧亚大桥时留影

游览地中海时留影

全家福照

目录

词 / 137

序　言

己亥春，李晓明教授回国讲学，顺道来肥，与余相识。教授乃国际著名经济学者，诗词亦造诣深厚。教授心念故土，加入诗协，令我等欣欣然也。两年多来，陆续拜读教授作品，其慷慨风骨、深邃意境常令余击节叹赏。近日，嘱余序其诗集，遂濡墨略述，惜笔力不逮矣。

诗集名曰《闲韵野律》，余乍观之颇为疑惑：何“闲”何“野”者乎？少焉，则顿悟矣。“闲”者，乃作诗填词于百忙一闲之时。李教授时间精力几乎全部投入经济学与金融研究，谓写诗填词为一种奢侈，洵非虚言。“野”者则为自谦，谓所作自习，难入主流。其实，李教授多种赛事摘金折桂，饮誉诗坛久矣。《闲韵野律》取材广泛，植于生活，言之有物，真挚深沉，格局宏大，气象壮阔，且不落言诠，每有新意警句夺目。此诚为丰富人生阅历、孜孜诗艺追求之故也。

感情为诗之血液。《闲韵野律》着力于“情”，无论家国情与亲友情，均拨动心弦，并曲以意象。如《莺啼序·咏长江抒怀》“融冰顿成浩瀚，向归墟志远”，起手不凡，激情四射。

从发源到风云变幻之人文史，再至结片述己，时而沉郁，时而苍茫，时而奇崛，跌宕起伏，汹涌澎湃着母国长江情澜。最后，“巢湖一叶曾醉我，伴椿庭、尤觉周身暖”，“心河泻若金沙，能绿前川，几方丘甸？”，小我与大我情志交融。写亲友作品中，虽涓涓流淌着小我之情，格调依然超迈。如《父亲的象棋情结》，棋局内外主客二线，于过去当下未来一并沟通，气格高阔，敬父之情跃然纸上。余读《清明时节回国祭扫母亲坟》，真觉前二联有着锥心之痛。然作者转以超凡胸襟，后二联道：“明月长眠亲碧草，幽泉不赴有何谁？人生我罢寻慈去，也共清风也绿陂。”此所谓以旷写悲，其悲益甚也。李教授哀悼导师辞世之作，以“何必悲鸣想不通，归西笑带夕阳红”起笔，亦循此理。教授桃李满天下，对学生成就不吝笔墨，纵情吟颂。如《北师大蓝裕平教授专著问世权此为贺》。作手皆知贺诗难写，而作者偏偏游刃有余。忧聚眉头之兴，织锦飞泉之比，心血文字之叹，无一处着“贺”字，却无一处不贺。又如《女生返校园补摄师生合影有寄》。教授将慈父般的关爱揉进诗句：“鸣雏凤待清声日，了宿缘期秀骨郎。”于事业婚姻方面给学生温馨期许及祝福。再看教授的乡情之作。如《异国夏日家乡巢湖秋梦》与《念奴娇·白云之乡寄情巢湖》，隐隐渗透着一种缠绵思乡情绪。“横空雁阵书人字，或问乘流少了谁？”“莫嘲痴问，姥山邮否明月？”乡愁写到如此地步，几人可堪其重负乎？所谓“善言愁者，不必大声疾呼”也。像“荐血唯期贫窭治，耽书奚止稻粱谋”“心波又被蟾光碎，银蕨何妨翰墨彰”“片刻乡音斸忖念，三分酒意话吟讴”“莫道重洋家万里，他乡皓月是归舟”诸句，无不教人一咏三叹，而为诗人深切的游子乡愁所感染。窃以为，主观评述情如何如何，失之肤浅落俗；不言情而情自在其中，方是蕴藉且更富诗味。

《闲韵野律》艺术上可圈可点之处颇多，有诗人创新痕迹可寻。“春生每接林皋雪，草劲宜看石罅青”“物因季换衰犹盛，潮被滩排沓未休”“谁知斫木萌新蘖，别有残蜩抱旧柯”“曦抹层峰巅独赤，境臻高格臆当殊”“鹿因肉硕经年逐，虎到牙衰不日穷”“人生遇冷方知暖，天运编欢亦织愁”“疗贪惧惺红尘事，药在千年佛足中”“径无径处恒心在，才不才间大勇藏”“一疑眚外征狐笔，底事黎黔恸帝丧”等，均为思力深邃、蕴含理趣之佳构。状景处也不乏清新脱俗、与境俱丽锦章，如“一山接我披金缕，众殿修容酿色丝”“月色白从秋雨后，枫林红到雪来时”“上中下跃三虤虎，日月星惊一石褀”“一条绿带箍峰麓，两侧丹崖抱鼓湍”等。李教授造句造意常出人意表，道他人所未道，如“擎觞若更论雄杰，我假醺然哂仲谋”“心河也自高原泻，能绿前川岳几丛”“窃问炉前香火客，金身可享敬神钱”“勋烈卓难千字了，倦容瘦可一徽知”“翻怜逝去吟鞭句，徒唤归来楚客乡”等。句式灵动飘逸、利用倒装提升诗味，亦李教授创新尝试也。“莲蓉杂菊香新焙，桂酾分泉味旧存”“溪无夏雨淋难碧，蕊有春风拂始红”“读月添松窗小趣，爽神踏石径微霜”等为“2+3+2”句式。“唐圣魂终归壁画，晋僧德自布弥陀”等为“3+1+1+2”句式。“不消诧者污名雪，姑妄听之圣臆开”等为“4+2+1”句式且虚词偶对。“与其乱目星垂野，曷若凭高月满楼”等为“2+2+1+2”句式且选择关联构建偶对。“一味留人沾月露，十分惬意嚼诗香”“织姹山濛帷幕雨，曳芦荻白钓翁丝”等为语序倒置，浓化韵味；后例句还为“1+3+2+1”句式。采用“1+1+2+1+2”节奏的诗句有：“钦独异伦超格局，怯犹娇杏出樊篱。”凡此种种，翻新而不流于“口水”，奇思而不失于典雅。

李教授诗词内涵丰富，人文厚重，怀古化典无痕，抚今意与象通，成就是多方面的。余习中文，于诗词之事久矣，读教授作品，激赏之余，常叹望之不及。孙家鼐题文忠公墨宝跋曰：“结体缜密，魄力沉雄，直从性情中自然流出，足与事业相称，盖非文人学士专工笔墨者所能及也。”诚哉斯言！

时维金秋，来年阳春，余期待与教授再会淝水之畔，倾听心得，余亦将《赠李晓明教授》拙诗书陈：

身怀经世济民术，异域殚思效故乡。
百计万家多感慨，寸心千古叹兴亡。
知交吐论赋诗句，独夜挥毫书丽章。
他日重逢当共酌，为君一曲慰离肠。

叶如强

2021年10月23日于丹若园

（作者系安徽省诗词协会会长、诗人、书法家、美术评论家，曾在省直和市县任职）

《闲韵野律》读后

李晓明教授请我为其诗集作序，我是惴惴不安的。我乃无名之辈，而他是名满天下的经济学者；且自身文笔粗陋，唯恐力不从心、语焉不详而有负初衷。然李教授并不在意有否“诗坛名宿”之头衔，唯求作序者为熟识的诗友且具备识器晓声之实力。这番至诚之情，却之委实不恭，故勉强措笔，写就此篇诗集读后感一文。

“一脉骚香传域外，嘤鸣声馨结奇缘。”海外称中国传统诗词（包括律、绝、词、曲、古风等）为“汉诗”。汉诗走向世界的历史十分悠久，如今在异域的传诵和创作更是翕然成风。海外汉诗诗人的队伍随之不断壮大，李教授便是其中的佼佼者之一。我与李教授相识，缘于2017年全球汉诗总会举办“王维杯”全球华人山水田园诗大赛。我作为大赛组委会副秘书长兼初、复赛评委，参与了整个评选工作。有一首七律《山顶俯瞰虎跳峡得句》获得“港澳及海外特别奖”。这是一个非常难得的奖项，可谓千里挑一，而这首诗的作者正是李晓明。因诗赛而结缘，他的豪气和才气给我留下了深刻的印象。结识之后，惺惺相惜，多有诗稿往来，全球汉诗总会会刊《寰球诗声》、中华诗词研究院院刊《诗词中国》多次刊登他的作品。令我意外的是，李教授乃国际著名经济学者，在经济学与金融研究领域有很高的成就，没想到在写诗填词方面亦不同凡响，真是令人惊叹！基于这个事实，称其为跨界诗人，当不为过。

李教授在《闲韵野律》“编后语”中揭示，自己追求“典雅而不故作晦涩，通俗而不流于‘口水’”之诗风。此言信不虚也。他的诗词特点就是渊雅醇茂，耐人寻味。《闲韵野律》题材广泛，内容盈实，风格殊异，语言洗练，贴近生活；书写亲历、亲见、亲闻，从不为文造情。综观全集，粗略地计有以下七个方面，林林总总，珠玑满目，而爱国情怀为其作品的核心所在。下面，就从这七个方面，通过举例作简短评析，以管窥李教授作品的特色于万一。

一、借古喻今或怀古咏史

借古喻今、凭古寄慨，顾名思义，就是恰切地以古人古事为鉴，抒发对今人今事的感慨。且看这首七律：

追思周公

张良辟谷岂无私？未必功成退隐时。

勋烈卓难千字了，倦容瘦可一徽知。
纵饶丞相祠堂赋，不若黎元众口碑。
拭去英雄悲怆泪，图强争读大江诗。

此作用了“张良辟谷”之事典及杜甫《蜀相》之诗典，旨在从张良与周公及诸葛亮与周公的异同处，彰显周公的伟大超越了古贤。“借古”以用典的形式存在，“喻今”则表现为讴歌今贤；前者使作品更加蕴藉、耐品，也增强了后者的说服力。这首七律获“纪念周恩来诞辰120周年全球华语诗词大赛”年度二等奖，绝非偶然。

再看以下二律：

读张继《枫桥夜泊》

休云四句只区区，绝处幽愁味客途。
泛诵妇孺嘉日本，非关钟漏报姑苏。
寒山古月今仍在，渔火寥星复得无？
湿梦枫桥秋水碧，心舟撑入懿孙图。

《枫桥夜泊》是张继最负盛名的一首。可以想见，李教授研读过《枫桥夜泊》的有关背景资料，从而品出这首古诗的绝妙之处，在于背井离乡、四处漂泊的客愁。颈联上句设景，支撑下句一问；此问意味深长。尾联似未曾见他人道过，有巧思和新趣。

逍遥津

已没龙蛇影，风云史牒回。
仿吴船可现，破敌将谁来？
欲与千秋接，宜看八景开。
阁湖闲对月，掬水涤心哀。

逍遥津之战乃史上魏将张辽两次大破东吴的以少胜多的著名战役。前四句以极精炼的语言将这一史实囊括，其中颔联先扬后抑，富沧桑感。后四句把逍遥津今天的景观与“千秋”对接，于现状中见绵长古韵、高远幽情。此诗有别于那些沦为景点广告的名胜古迹之作，可见作者匠心独运。

二、对山水的赞美及咏叹

登山临水能赋，是古今诗人的文化基因之一。极目大自然的大好河山，人生的种种情绪纷至沓来，在诗中借景涌动，故有“一切景语皆情语”一说。明清易代之际的思想家顾炎武曾说：“有体国经野之心，而后可以登山临水。”这即是说，好的山水诗，须做到“天人合一”。请看李教授对山水的赞美与咏叹：

山顶俯瞰虎跳峡得句

怒水裁山万壑风，云崖濯足奏璁珑。
上中下跃三虓虎，日月星惊一石谼。
峰首沉浮丸讵障，金沙呼啸势唯东。
心河也自高原泻，能绿前川岳几丛？

前三联极尽描写虎跳峡险峻和金沙江气势之能事，状景如在眼前，且运用了拟人的手法，令景中有人。经过前三联的铺垫蓄势后，尾联忽出惊人之语，将金沙江比作作者的“心河”，自高原向东一泻千里；而倾泻的目的是要“绿”前川的崇山峻岭。个中寓意任凭读者去解读；但切记一点，即作者是研究中国和国际经济的学者，故所寓之意，不难猜中。此作获“王维杯”全球华人山水田园诗大赛的特别奖，应是实至名归。

再看：

新西兰春日环山步道即景

山色天公改，穿林野水知。
剪春雏燕子，调舌老莺儿。
点白帆浮海，从青叟钓池。
繁花拦一路，乞摘两三枝？

此章展现在读者面前的是一幅由一组鲜活的意象构成的春景图，而图的画面是立体的、多维的：形（燕）、声（莺）、远（帆）、近（叟）并存。末了，明明作者自己想摘美丽的鲜花，却反说成鲜花拦路乞求作者采撷。如此为诗，允称妙哉。这恐怕就是所谓“天人合一”的一种体现。

三、眷恋故乡

眷恋故乡是海外游子及文人墨客挥之不去的情结。在两者兼有的李教授笔下，乡愁占了相当的比重。试举两例如下：

唱《故乡探雨》歌存感

参寻细雨湿乡愁，画笔心挥意探幽。
怎忍子规啼月夜，怜霜归去上青头。

《故乡探雨》是一首乡愁歌，诗人唱罢此歌兴犹未尽，写下了这首七绝。起句道出诗人沉浸在歌中的“探雨”中，而此雨乃乡雨，故能湿乡愁。“湿”字出奇，炼得无理而妙。承句：身外画笔难画雨景，诗人转而求助于心中“画笔”；后者有前者难到之处，可恣意“画”出乡雨的幽意。转、结二句借“子规”的典故及唐代贺知章《回乡偶书其二》之况味，将乡愁写到极致：青头离乡，皓首回乡，此中感慨殊深，真堪“怜”也。

怀巢湖

湖心一姥山，罨画挂其间。
翡翠屏争列，琉璃镜不关。
鸥团晴雪积，棹递暮歌还。
夜月知谁对？愁来讵破颜。

这首五律有别于上面的七绝，故乡有实指，即作者家乡的巢湖。作品有选择地勾勒记忆中的巢湖美景。颔联比兴，颈联白描，最终逗出结联。作者自注，“巢湖夜月”乃庐阳八景之一。那么，对月的“谁”是作者还是家乡亲人？进而是“谁”对月生愁？作者只提问不作答，把想象的空间留给读者，言尽而意不尽。总之，家乡越美，乡愁越浓，这是贯穿全诗的主脉。

四、咏物寄意

咏物诗若过于黏着在所咏之物上，只见物之形而不见物之神，则难成佳作。要在若即若离，或不即不离，或也即也离。且举李教授的两首五律为例：

爱竹

爱竹端居傍，无关采笋归。
苏诗多逸迈，杜句或深微。
节劲躯何直，心虚叶不稀。
凭言良与恶，筠梦绿藩围。

古今咏竹诗多矣，然与竹子最亲近的当属东坡，其名作有《于潜僧绿筠轩》《初到黄州》《定风波》等。少陵咏竹诗也颇多，但既有爱竹又有恨竹之情结，比如，人们耳熟能详的那句“恶竹应须斩万竿”。是以，颔联请出了这两位古代大家作陪，以壮声势。颈联转笔对竹子作形神兼备的描述，做到“也即也离”：既是竹（自然的形态）又超越竹（引申的品格）。尾联摇笔扣题，且与颔联呼应：无论竹子被古人说成是“良”还是“恶”，作者对竹子清高品格之爱不可动摇。

题草原八骏图

无缰飞影过，绿浪托鬃低。
啸侣能惊鹜，骧云不压泥。
尝闻征漠北，匪止踏河西。
若谱骢心曲，掀澜听万鼙。

此作起承二联便写得有声有色，令人闭目能见八骏在草原上的纵横气势。然光是形到（“即”）还不够，还得神到（“离”）。转结二联写马的“宏远志向”，借霍去病“马踏匈奴”的典故说事，并用比兴手法深入马之内心。马被“神”化了，被作者塑造成传递自己心声的载体。

五、儿女情长

鲁迅说过：“无情未必真豪杰，怜子如何不丈夫？”诗人是有血有肉的感情动物，李教授又何尝不是？且读：

与老伴合唱《七夕情缘》于舍中

悬知后世亦冤家，笑渡星河曲作槎。

律吕情牵牛女近，帘栊影透鹊梁奢。
倚声忆昨鸿留迹，执手怜今颡聚华。
双竹庭栽聆不语，相扶眷眷淡生涯。

作品巧妙地嵌入作者生活中的爱情因素。尤其是尾联，通过拟人手段生成“双竹”这一未见前人道过的新意象，寄托老夫老妻之间“相扶眷眷淡生涯”的深情。

李教授下面这首绝句亦可圈可点：

儿媳初为人母赋此

蚌胎足月出明珠，娩罢双眸湛澈湖。
阵痛无声浑自了，唯留哺子静安图。

读来但觉独抒性灵，不拘格套，“儿媳”呼之欲出，浓浓的亲情跃然纸上。好诗应含四要素：个性、情感、形象、余味。此二绝句得之。

六、抒发对前贤的敬仰之情

白居易说：“感人心者，莫过于情”。这句话指的是诗由情生的道理。除了书写亲情外，李教授还用真挚的心灵去感悟前贤高尚的精神品德，并由此感发兴起诗词作品以呈敬仰之情。上面提到的《追思周公》是为一例。实则，这样的诗例还有许多，试看他的近作：

悼袁隆平（出群格）

印堂沟壑写蟠胸，墨是鸡肤倦是瞳。
已使畦摇金浪叠，终成廪似介丘隆。
为天百姓惟其食，去殍千邦赖尔功。
寰宇云听同一哭，留魂隐在夕阳红。

首联从面容入手，先立起形象，暗中为下文蓄势：布满皱纹的印堂，黝黑的肤色，疲倦的目光，这一切盖因袁隆平心系天下苍生（“蟠胸”）。中二联深化“蟠胸”，夹叙带议，使袁隆平对人类的重大贡献得以尽情一表。颔联比兴，颈联实写，虚实相生。末句“留魂隐在夕阳红”仍用比兴，将袁隆平生前未尽之梦想化作留在血红残阳中的灵魂，以景结情，深情无限。李教授深谙比兴在诗中的重要作用：能浓化诗味，能不言敬仰之情而此情自在其中。

七、于职业生涯中觅诗

清代刘熙载曾说：“东坡词颇似老杜诗，以其无意不可入，无事不可言也。”李教授的职业是金融经济学的教学与科研，而于职业生涯中觅诗，也是这位跨界诗人可贵的探索。笔墨所及的有导师、学生、留学同学、教学科研之艰辛等题材，诗人善于从中提炼出情、志、意、趣，而非就事论事。比如，一首获第三届“诗词中国”大赛海外赛区三等奖的七律写道：

见诸留学同学均已取得非凡成就喜作（新韵）

乐在攀援不在巅，及巅览小望中山。
殷勤泰半缘耽趣，探索何曾为赚钱？
奖只添荣宜简历，学堪惠世胜虚衔。
才情纵使皆横溢，揽月尤须自主天！

首联突兀而起，高屋建瓴，为全诗奠定了不俗的格调：攀登科学高峰之乐在攀登的过程而不在达巅的结果。中二联为此格调提供渐行渐显的“根”，境界亦随之愈展愈高。尾联忽出一旁枝收束全诗，谓科研固需才华，然学术自由更重要；非亲身从事过科研的诗人难以道出。此篇什造语浅显，凭意境胜。

限于篇幅及审美的主观性，遴选佳作评点总免不了挂一漏万。上面的诗例权当是引子，或可引导读者诸君自己去品鉴。

李教授的诗，每每有警句传出，令人爱不释卷。秉承“我口写我心”的宗旨，为人正直而感时伤世，他的应和怀人之作，情真意切，暖人心扉；又由于文理兼修，能以宏观视野观察思考社会现实问题，他的作品常寄寓人生哲理，读来启人心智，受益良多。

以上是我拜读《闲韵野律》后品尝出来的一丝袅袅余味，未敢称序，仅目之为完成作业的尝试而已。

庄毅生

2021 年 12 月 24 日

（作者系中华诗词学会会员、全球汉诗总会副秘书长、深圳诗词学会顾问、深圳长青诗社副社长、全球汉诗总会深圳分会会长、《寰球诗声》编辑部主任、《鹏城汉风》副主编）

一律一词代前言

李晓明

吟稿辑罢，寝不聊寐。披襟临牖，月光如水。近塘波粼，远林身雪。松窗独坐，思绪鸿骞。启屏敲字，敛翮于键。律词互补，略抒百感。

自题《闲韵野律》（回文）

楣窗纳月雪疏林，榻近荷塘枕夜深。
痴梦弄鞭吟袖绾，涸毫濡墨醉翁寻。
篱樊出杏娇犹怯，局格超伦异独钦。
师得自修勤绝岛，奇峰探境胜开襟。

【注】醉翁：欧阳修号醉翁。

襟开胜境探峰奇，岛绝勤修自得师。
钦独异伦超格局，怯犹娇杏出樊篱。

寻翁醉墨濡毫涸，绾袖吟鞭弄梦痴。
深夜枕塘荷近榻，林疏雪月纳窗楣。

齐天乐

《闲韵野律》编后感赋

积年心迹如铓锷，凭削菊残梅瘦。萃草之芬，织云之绪，都入茶烟濡牖。银屏我偶。便冷暖阴晴，挚情厮守。键探乾坤，春秋万象任吾袖。　　吟魂择处栖息，翰林崇大雅，枕书参透。诗树闲浇，诗花野摘，兀掘诗山愚叟。管他良莠。盖客梦催成，老怀堆就。一石涟漪，可波方丈否？

【注】《自题〈闲韵野律〉》回文诗成后兴犹未尽，遂填此词。南宋黄庚有句云："菊残如倦客，梅瘦似诗人。"

题词选

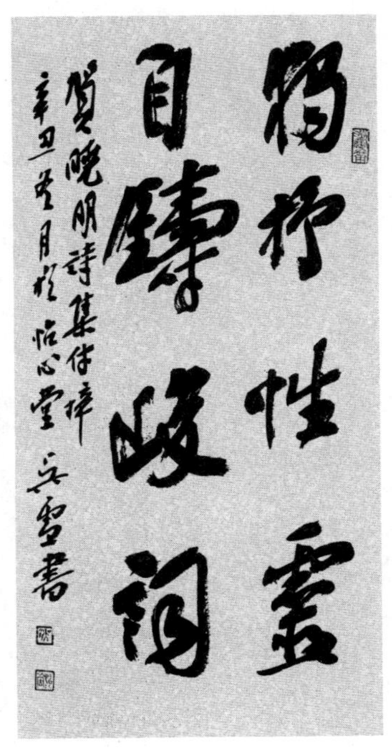

独抒性灵，自铸峻词。

书者：吴雪，1959 年出生，1982 年毕业于安徽大学哲学系。曾任安徽省文联主席。现任中国书法家协会理事、安徽省书法家协会主席、安徽省政协书画研究院副院长

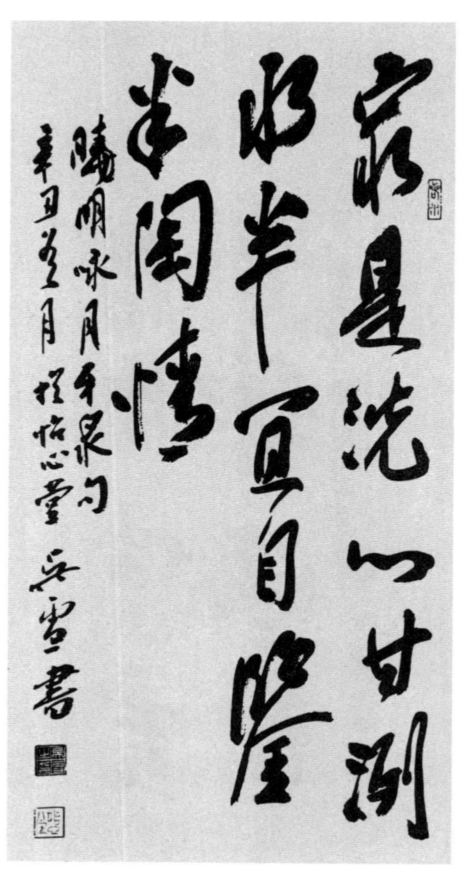

最是洗心甘洌水，半宜自鉴半陶情。

书者：吴雪

曦抹层峰巅独赤，境臻高格臆当殊。

书者：桂建平，1950年出生，1982年毕业于安徽省财贸学院。曾任黄山市市长、安徽省审计厅厅长、安徽省国有资产监督管理委员会主任、安徽省政府参事。现任安徽省书法协会、摄影家协会顾问

春生每接林皋雪，草劲宜看石罅青。

书者：李洪峰，1954 年出生，1982 毕业于安徽大学经济系。曾任安徽经济管理干部学院院长助理、学报主编，合肥荣事达集团董事、副总裁，广东长青燃气具有限公司总经理，广东万和集团副总裁，中国科技大学管理学院教授。现为安徽省书法协会会员

去病堪名去汉忧，故疆四战铁骢收。
威于弱冠祁连服，志向奇兵瀚海酬。
未灭匈辞修府邸，宁无誉盖谥公侯？
抟风千载吹英骨，长送精魂瞰九州。

书者：孙进，军旅书法家，1958 年 2 月出生。曾任安徽省军区副政委、上海警备区副政委，少将军衔。现任上海市国防教育协会会长、上海市中国书法院顾问、海上兰亭书法院副院长

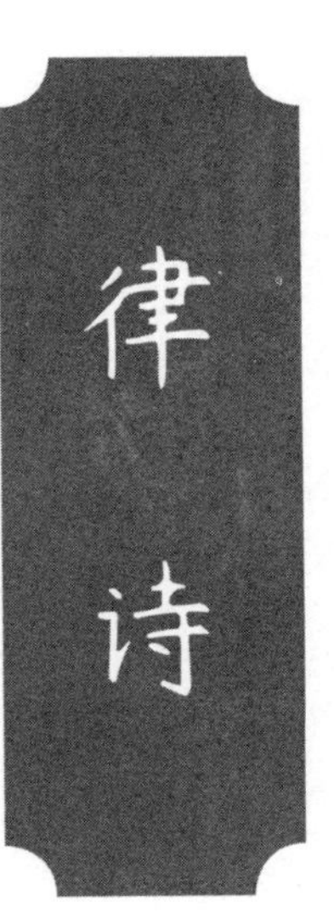
律诗

寄谢叶如强先生为《闲韵野律》作序题字

能几牙琴遇子期？点睛落笔墨堪仪。
委心跋引无痕典，具眼珠探有味诗。
驹隙骎骎催晚径，吟怀耿耿梦春池。
东归不必鹃魂托，满纸肝肠旧雨知。

【注】跋：指叶先生序末引述孙家鼐题文忠公墨宝之跋。梦春池：系谢灵运得神助佳句“池塘生春草”之典。

贺余留英校友崔占峰当选中国工程院外籍院士

占峰巅自得曦朱，已惯跻陵仄径徂。
次第峨冠寰域宠，廉纤膏泽草莱苏。
是他一寸盈黎首，助此三千激壮图。
也抱寒山霜月梦，钟声寺外夜听乎？

【注】崔占峰，卓越生物医学工程专家，牛津大学首位华人终身教授，当选英国皇家工程院、联合国科学院院士，兼任牛津大学苏州高等研究院院长并创立奥凯（苏州）生物技术有限公司。获苏州市科技奖。

次韵贺董万英《霜》获第五届“诗词中国”大赛三等奖

吟边栩栩俏霜花，似揭青娥一侧纱。
兼备形神看隐约，亦留意脉觉横斜。
情怀沁腑唯真我，面目无新不自家。
策杖诗山佳构觅，凭高许尔摘云霞。

【注】青娥：传说中主司霜雪之女神。

第五届“诗词中国”大赛获奖感言

问渠何物锁心空？时疫披猖兴未穷。
真觉魁星惭忝列，恐裁文字欠圆通。
溪无夏雨淋难碧，蕊有春风拂始红。
莫笑残莺调舌乱，偷藏悦耳野声中。

【注】庚子疫年所作《岁杪度假归来浅唱》获大赛（海外组）一等奖。心空：佛教语。袁枚有句云：“莺老莫调舌，人老莫作诗。”野声：本义指民间乐曲。

岁杪度假归来浅唱

庚子谁嗟不计龄？徒教杞虑鬓添星。
春生每接林皋雪，草劲宜看石罅青。
鸥鹭盟中回脚力，烟霞郭外熨心灵。
奚囊重拾江城作，临牖孤吟半月听。

【注】大学一同事发邮件称"2020 doesn' t count in my age, because I didn' t spend it."此作获第五届"诗词中国"传统诗词大赛一等奖（海外组）。

读张继《枫桥夜泊》

休云四句只区区，绝处幽愁味客途。
泛诵妇孺嘉日本，非关钟漏报姑苏。
寒山古月今仍在，渔火寥星复得无？
湿梦枫桥秋水碧，心舟撑入懿孙图。

【注】张继字懿孙。

纽国辛丑重阳感吟

中秋过罢又重阳，前有银蟾后乏霜。
梦菊新丛篱簇白，题诗旧叶简存黄。
深居每妒荒山雀，久病尤贪野卉芳。
冀补登高谁共我，茱萸尽拾馥奚囊。

【注】新西兰(华人习惯称之为纽国)现时已入夏，仍处封城中。

贺中华人民共和国七十二周年诞辰

谁言七二已成翁，故国青春火样红。
虬角时吟惊世曲，云帆正挂飚天风。
欣犁逆浪程犹稳，敢战胡儿气恁雄。
函宇蓝图新格局，轩恢合入掌声中！

辛丑中秋节期间奥克兰封城有作

禁足重来掩宅门，月添节趣不黄昏。
莲蓉杂菊香新焙，桂醑分泉味旧存。
弄影忽怜输往日，归云怅看抹蟾痕。
飞觞却谢吴刚意，纾放诗情带酒温。

题包公园

占魁两榜认庐州，此地芙蕖卧水柔。
断藕无丝承净露，廉泉有井盖清湫。
树高杪合青天接，铡雪芒教墨吏愁。
忠骨人钦兼佛骨，炉烟草染绿披丘。

【注】包拯、包公园分别列“合肥名人”与“合肥十景”榜首。祠多烧香点烛者，祠前一池种有无丝藕莲花，暗喻无私。包拯墓上碧草如茵。

与老伴合唱《七夕情缘》于舍中

悬知后世亦冤家，笑渡星河曲作槎。
律吕情牵牛女近，帘栊影透鹊梁奢。
倚声忆昨鸿留迹，执手怜今颡聚华。
双竹庭栽聆不语，相扶眷眷淡生涯。

父亲去世未能回国奔丧怆然作此

旧诗重读泪长潸，未竟残棋赴玉泉。
能舔离伤思幸此，已成怅憾痛徒然。
三吴马向疆场骋，八皖人随日月眠。
寿数期颐奢子望，常情却不问苍天。

【注】旧诗：指《父亲的象棋情结》。父亲系老革命，享年98岁。

悼袁隆平（出群格）

印堂沟壑写蟠胸，墨是鸡肤倦是瞳。
已使畦摇金浪叠，终成廪似介丘隆。
为天百姓惟其食，去殍千邦赖尔功。
寰宇云听同一哭，留魂隐在夕阳红。

为好友王秋萍辛丑牛年伊始退休而作

羡卿脱绢岁金牛，甜犊平居豫暮秋。
鬓贮沧桑醇酒品，茶煎雨露淡心留。
每恭教义根弥善，一涤尘襟寿自修。
百味何如闲有味：山川许纵快哉眸。

【注】王秋萍系虔诚的基督教徒。

回国访学期间与归国创业于镇江的留英校友偕游金山

旧雨乡归副所期，凌波春沐日迟迟。
一山接我披金缕，众殿修容酿色丝。
塔立峰巅云影擘，鸿凭物候穴巢移。
江天览罢心澜动，绮梦更新共泛卮。

元夕书怀次荆公韵

未觉天心月不同，知舒小叶但春风。
一帘梦蓄元宵里，九点烟辉菡萏中。
媚我偷思青眼柳，忧时却扰白头翁。
鲲洋此夕犹乖隔，更与何人说次公?

【注】此作获“燕和居”诗赛三等奖。

别了，庚子

回眸不忍忍回眸，朔晦连篇苦涩讴。
五鼓凄风惊梦断，一年孛沴惹云愁。
物因季换衰犹盛，潮被滩排沓未休。
我唱毛滂元日作，东君厚礼是金牛。

杂咏步杜甫《秦州杂诗二十首》原韵

其一　读叶嘉莹《说杜甫诗》

圣字胡尊杜，摊书问隽游。
谪仙云朵变，工部帝畿愁。
补益多师粹，悲元最赋秋。
古今淘墨客，孰集大成留？

其二　忆月下漫步推敲虎跳峡诗

撒眸行旷野，径雪接蟾宫。
酌句思无尽，披辉块自空。
遥听涛送韵，近啸树摇风。
忽得高原意：金沙泻绿东。

其三　见奥克兰汹汹抗议封城接种潮因作

城池终日闭，海曲剩晴沙。
鸥倦躬寻食，人癫足禁家。
疑诗尝谬解，致说或攲斜。
廊庙吞时果，何妨兀子夸。

【注】诗：此处指“生命诚可贵，爱情价更高，若为自由故，两者皆可抛”。

其四　历数载论文终上国际名刊书感

波引春杯满，泪红心滴时。
花看偕雾悦，蕊孕汲泉悲。
悦者朦胧美，悲哉荏苒迟。
羡他山卉命，晴雨自开之。

其五　参加诗赛

诗剑凭砻淬，迎锋弱变强。
与其盲自短，曷若益相长。
出岫云衔日，追风鬣认骦。
清高犹胆怯，试手但颜苍。

其六　爱竹

爱竹端居傍，无关采笋归。
苏诗多逸迈，杜句或深微。
节劲躯何直，心虚叶不稀。
凭言良与恶，�梦绿藩围。

【注】苏诗、杜句：指苏轼和杜甫与竹相关之诗词。

其七　怀巢湖

湖心一姥山，翟画挂其间。
翡翠屏争列，琉璃镜不关。
鸥团晴雪积，棹递暮歌还。
夜月知谁对？愁来讵破颜。

【注】巢湖夜月：庐阳八景之一。

其八　逍遥津

已没龙蛇影，风云史牒回。
仿吴船可现，破敌将谁来？
欲与千秋接，宜看八景开。
阁湖闲对月，掬水涤心哀。

其九　浅探李白《独坐敬亭山》

不揣才思陋，微吟向敬亭。
云凌群鸟白，人坐一山青。
相看心悲独，重来鬓叹星。
续篇唐至宋，兰艾辨岩垧。

其十　友携西巡昆仑干红至度假村聚饮

海外醉昆仑，如临雪岭繁。
女神慈乐土，玉液酿仙源。
招饮朋添趣，催吟月上村。
赤霞笼绛烛，喜宴觊千门。

【注】据说西巡昆仑赤霞珠干红是婚宴喜酒首选。

十一　题草原八骏图

无缰飞影过，绿浪托鬃低。
啸侣能惊鸷，骧云不压泥。
尝闻征漠北，匪止踏河西。
若谱骢心曲，掀澜听万鼙。

【注】霍去病墓前一石雕刻有“马踏匈奴”四字。

十二　寒舍松窗

虽无松近牖，却许挹渊泉。
清浊分真识，东西审谬传。
耽书窥世上，达理到襟边。
明月时光顾，灯辉倍雪然。

十三　纽国新防疫“交通灯”政策

碧海睽违久，趋滩众别家。
绿黄红借色，人犬鸟嬉沙。
涸泽如逢雨，饥猴似抢瓜。
应时民意顺，一睦胜千花。

【注】“绿黄红”对应新西兰三种不同程度的限制政策。

十四　杂题

旁观清未必，局外慎谈天。
深浅知亲涉，听闻恐浪传。
谁疑装罐水，不及在山泉？
一笑无稽事，容于注子边。

十五　岁杪有怀

又复逢年杪，流光指顾间。
悲欢人借岁，代谢日过山。
何必锱铢计，终将土木还。
生涯宗淡泊，散叶聚斓斑。

十六　玛塔卡纳雕塑馆暨小镇

夺眸初入馆，动物异凡群。
虬树雕成象，黝鲸遮断云。
接天原色上，邻肆酒香分。
客浴斜阳别，羊咩带绿闻。

【注】雕塑材质为新西兰原生贝壳杉（Kauri），雕像体形多巨大，色泽黝黑发亮。

十七　李鸿章故居

春秋殊李府，底事此风光？
宅老深谙史，文工半在墙。
盖棺论杂口，结草弼中堂。
几处萧疏竹，参差见短长。

【注】李鸿章故居名“李府春秋”。

十八　大蜀山

蜀僧闻锡卓，客梦亦斯归。
春晓花醒色，雪余阳倍辉。
双丘眠悄悄，半夜思飞飞。
礼佛心灯剪，同谁说令威？

【注】《庐州府志》记载“有蜀僧于此结庐，偶思乡水以锡卓地，泉汩汩而出，尝之有瞿塘峡味，因名为蜀井”，因此得名蜀山。“双丘”指父母在大蜀山的墓地。

十九　瑶岗风云

兕甲披坚易，运筹千里难。
万帆旌吐火，五虎气掀干。
鼓息岗犹在，鞘藏剑尚寒。
滔滔持酒酹，扬子即灵坛。

【注】五虎：指渡江战役总前委邓小平、刘伯承、陈毅、粟裕、谭震林。干：干戈。

二十　新西兰春日环山步道即景

山色天公改，穿林野水知。
剪春雏燕子，调舌老莺儿。
点白帆浮海，丛青叟钓池。
繁花拦一路，乞摘两三枝?

凯库拉度假八首

其一　机上遐思

疫年逢岁杪，曷碍侣烟霞。
远俗心堪举，探幽句自嘉。
螺青浮海屿，帆白接云涯。
窃问芸知否，观鲸掬泪花？

【注】影片《只有芸知道》（冯小刚导演）催人泪下的结尾摄于出海观鲸的凯库拉镇。

其二　凯库拉 2016 年地震遗迹

一恸红羊日，何残问彼苍！
斫山崖半去，夺水族千亡。
谷见横霜壁，滩行踏雪床。
生灵原上草，劫后证沧桑。

其三　凯库拉半岛临海山崖步道拾趣

又践吟竿约，趋滑钓沓潮。
浅深筇下意，舒卷日边霄。
摄豹怜君蠢，嬉鸥许我淘。
凭高诗句酌，面海纳青飙。

其四　蒂卡坡湖

潋滟晴云漾，谁镶宝石蓝？
澄湔繁虑尽，翠逗野情酣。
抱璞怜天趣，呼鸥对夕岚。
遥岑昂皓首，留梦味余甘。

其五　观库克山麓蒂卡坡鲁冰花

独向南天衍，同畦异色和。
珠团香远近，序拔曳婆娑。
卧野头巾绚，攒湖雪岭峨。
倏然虽一季，却喜美人多。

其六　蒂卡坡天文台午夜观星戏作

尝闻河汉句，谓奶路迢迢。
抢镜窥天幕，穿云炫鹊桥。
诗家何漫问，牛女孰先邀?
好咏钟闲事，袁枚荐此招。

【注】清代陈德荣有句云：“笑问牛郎与织女：是谁先过鹊桥来？”

其七　蒂卡坡湖乡间小住

襟容原野豁，栖况傍明湖。
晓雾埋山远，斜阳入水殊。
禽鸣溪伴乐，茶绿气沾炉。
向晚归庐舍，能教活意苏。

其八　汉默温泉小镇

青屏三面合，雪帽戴危峰。
鸟度幽林曲，泉修碧玉容。
分池无俗眼，尽兴亦寒冬。
未了游情在，来年补剩悰。

读杜甫《秋兴八首》逐一步韵纪感八首

其　一

来从大雅尚辞林，八咏高枝兀嵷森。
感烈严妆和泪试，风抟肃气使秋阴。
致君舍尔无余子，系庶央谁共夙心？
直北长安赊万里，颠危叵耐暮听砧。

其　二

意阻黄昏共日斜，哀情缱绻且升华。
猿声啸苦催零泪，乡地归难欠泛槎。
不是落英残对雨，差能只耳痛闻笳。
无眠竟夜知惟月，帝阙庭园镜里花。

【注】杜甫有诗句自嘲：“牙齿半落左耳聋。”

其　三

月收秋魄日升晖，昼夜殚思岂式微。
漂泊人由渔燕衬，怅惆鬓着雪霜飞。
元非俗格匡刘怨，毕竟葵心社稷违。
圣字千秋专属杜，城狐孰羡几官肥？

【注】匡刘：匡衡、刘向。

其　四

转捩吟边叹叠棋，输赢半壁杜陵悲。
殊深感慨宜寻味，甚远忧煎未过时。
误国昏臣贪欲厚，寄言后嗣悟心迟。
朝廷不幸诗家幸，自况鱼龙发浩思。

其　五

忆昔平居只水山，蓬莱首唱陋轩间。
若非宝殿家君主，定是云章叩帝关。
福祸难知讥紫气，布衣何幸睹龙颜。
孤舟月冷夔州僻，老病无望列侍班。

【注】家：动词，居其地曰家。云章：见杜诗“忆献三赋蓬莱宫，自怪一日声辉赫”。

其　六

云影风丝织念头，遥连两地共寒秋。
变衰国运楼城识，叛破升平苑囿愁。
富丽宫尤悲落日，繁华梦尽剩闲鸥。
吟眸更拓长安外，历代兴亡演帝州。

其　七

笔掠千秋过与功，两朝帝略较秦中。
无成一织池边女，有恨三沦石上风。
欲状凄凉凭米黑，翻言零落假莲红。
唯期腋下生双翼，不做篷船漾泊翁。

其　八

四地收场韵演迤，实怜万景到荒陂。
出奇造句儒盲眼，全盛开元凤落枝。
始感萧疏怀翠撷，复思潋滟映灯移。
鸿才枉负题山水，底事天恩竟不垂？

【注】儒：指胡适，其批杜甫《秋兴八首　其八》的颔联倒装句式为“不通”。

庚子重阳节书感二首

其　一

奈何高在异乡登，北去行云信有凭。
芒角催诗敲夙夜，菊醪入梦点河灯。
连朝月色因愁白，一朵心池纳魄澄。
权作茱萸遥寄与，不然采句应谁征？

其　二

仲春孰忆暮秋容？隐憾无霜露滴松。
抱盏月来盈地水，登高云起一天峰。
思驰五夜黄花瘦，味恋重阳紫蟹浓。
纵透伤心摩诘意，隔洋万里笔难恭。

【注】仲春：9 月至 11 月是新西兰的春季。

庚子中秋对月倾怀二首

其　一

须臾去国卅春秋，几度金风渐白头。
荐血唯期贫窭治，耽书奚止稻粱谋。
吟钟念祖噙香赋，愫寄归云倩月收。
半世尘劳鞍未卸，识途老骥学曹讴。

【注】曹讴：指曹操《步出夏门行》之《龟虽寿》篇。

其　二

我歌太白漫飞觞，纽国山河作盛唐。
就口一樽吞巨月，挥鞭万丈牧云羊。
心波又被蟾光碎，银蕨何妨翰墨彰。
勿哂老侨骚客病，颜酡自发少年狂。

【注】巨月：在新西兰看到六十七年一遇的最大月亮。鞭：吟鞭。银蕨：新西兰国花。

贺云帆与敦煌联手打造诗词创作基地

匡庐泻瀑绿敦煌，两曜相追合璧光。
五代歌曾生大辂，千秋窟正梦全唐。
宁无铁骨雄关铸，自有吟魂古道彰。
不许云帆沙海济，党河讵见动初阳？

女生返校园补摄师生合影有寄（入群格）

羁愁别绪两彷徨，幽契萦袍敛岁光。
屐齿重来亲杏苑，花梢独忆沁书香。
鸣雏凤待清声日，了宿缘期秀骨郎。
此去泉城归鹤梦，梦拴禹甸益敦庞。

【注】该女生为济南人，受聘于山东大学金融研究院任助理教授。袍：博士袍。

北师大蓝裕平教授专著问世权此为贺

一果如何不计秋？怜他薤叶聚眉头。
浮光织锦难成匹，出岫飞泉始入流。
谁识经年心血字，但书五夜子孙忧。
黉堂士奉朝堂略，向晚余晖豁远眸。

【注】蓝教授系本人二十余年前的研究生，其专著《中国经济发展的逻辑》由中国纺织出版社出版，余忝为作序者。

父亲的象棋情结

巡河每忆渡江时，楚汉争雄挟戾飔。
跃马横车能将将，运筹布阵自师师。
尺枰许臆涵云水，世局参玄锁寿眉。
耄耋悠然敲日月，与天共弈一残棋。

【注】家父系抗战老兵，尝把对弈比作亲历的“渡江战役”。

武汉封城解禁有作

望终可望泣当然，忍忆江城楚水寒。
一曲歌催铅泪下，千重浪向白衣攒。
补天既有娲皇石，弭沴争无老子丹？
葱郁劫波难卷尽，龟蛇卧自枕春澜。

【注】一曲歌：指《武汉伢》。

次韵奉和安徽诗协会长叶如强先生赠诗

叠叠春山青梦里，庚愁无缕不缠乡。
吟鞭践约初非擅，夙愿求真岂会亡。
公贴徽风扬皖韵，我弹夷曲费周章。
何当共掬淝河水，酿作高情酒热肠。

纽国封国宅家自遣次韵潘保根先生

已刿铦锋惯踽凉，心音谁解客殊方。
茶偏淡馥芽烹露，文倦虚情藻饰妆。
赏雪思来梅岭地，汲泉梦到谷帘旁。
有怀仰鸟高空击，无碍怜鱼浅底翔。
埋恨问天难屈子，破曹仗火许周郎。
千秋遍洒郊原血，六合应弥侠骨香。
董笔一支堪谤史，明初百吏敢称王？
干纲独断频烽火，社稷和谐倚典章。
不以新诗聊寄慨，唯弹古调漫思乡。
撄人溅泪哀瘟疫，冀佛安魂渡法航。
昼夜江城封楚道，死生扁鹊证金梁。
回春拾绿先敷草，跪地酬恩尽入囊。
忧患闻多矜涕笑，沉浮阅尽敛疏狂。
担簦去国差如愿，试手拿云始炙肠。
桃李欣承霖澍溉，峰峦未可尺绳量。
孰言绛帐开孤岛，我放轻舟达八荒。
伫足晨呼鸥点点，凭窗夕虑路茫茫。
北南取次罹灾苦，福祸相将弭沴忙。
闭户吟哦洵喜静，攻顽计议正从长。

今宵庙幄颁严令，何日山河复旧常。
徒怅愚儿留怅感，每离老父舔离伤。
羁栖弗遣鸿传信，归里当惊海变桑。
怕惹悲愁添悒戚，总教意趣激忼慷。
尘缘五味耽闲味，荣辱随烟过即忘。

【注】囊：指诗囊。北南：指北半球、南半球。

遥贺余博士生谷凯宁“转正”

千金可买此时欢？方寸澜生抑也难。

不为瘟猖春减却，焉教影独雁翔盘。

笋今破土初成势，溪但融流好激湍。

寄语飞觞斟月夜，高怀合向醉中攒。

【注】因纽国关闭边境一年，谷凯宁只能接受在线指导；今于南京的梅西—南财分校在线汇报一年研究成果，通过考核，正式注册为梅西大学博士生。

疫灾期间为滞留国内的留学生增开视频课堂

倚屏绛帐设黉门，风雨同天例出新。

及幕凝眸横万里，掬曦溉蕾煦三春。

时危疫逼忧中智，思苦心牵境外人。

课罢生餐图一组：梅西熳色接云津。

忆外祖母

未尝舐犊仅慈萱，孑影经年到梦繁。
查铺三更躬不觉，缝衣七秩眼虽昏。
蹒跚负我医疴恙，荏苒教婆攒岁痕。
孙去飘丝挥颤手，无声有泪久凭轩。

【注】余早年被寄养在上海外祖母家，23岁离别老人，赴合肥上大学。

忆初恋

记曾豆蔻种幽思，影俏撄人入梦迟。
隔雾鹿迷方寸径，浇愁酒乏几多卮。
秋兰以珮微嫌俗，夏草萌情不觉痴。
恍惚皆因求白首，最堪回味许婚时。

赠　内

前缘未了结今生，偌个郎君苦逐名。
衔木营巢经雨雪，催兰茁朵汲云英。
寂寥雀语浑当曲，疏阔心嗔究是情。
菊瘦依然秋水澈，露匀萼叶细无声。

悼吾博导哈利特教授

何必悲鸣想不通，归西笑带夕阳红。
满蹊桃李三千界，济世文章几阵风？
此际云非收泽雨，当年父独励成童。
音容已古魂难古，酹酒扪襟一鞠躬。

【注】哈利特教授系世界级经济学家，其遗嘱要求将生前财产用以设立博士生奖学金，资助发展中国家的学生。

菲律宾度假行吟八首

其一　由奥克兰飞巴拉望岛机上有作

喜偿南海愿，万里夏携来。
千岛犹螺卧，双襟待曙开。
愚羸窥豹案，智坐钓鱼台。
放眼风波静，胡儿合自哀。

其二　浮潜珊瑚圃

洞天洵别有，此圃湛清华。
瞪蟹如棋峙，摩鱼至眼花。
瑚摇云外日，人泡水中霞。
无计挪嘉景，除非一梦赊。

其三　爱妮岛海湾唯余一人单驭皮划艇戏作

乱艇晴风里，单枪突异军。
棹翻波底曜，句摘岫边云。
助势飞泉疾，沾霖古木纷。
岩围天一井，不与俗峰群。

其四　科伦岛上镜湖游泳得句

郁葱环静水，濯秀觅奇思。
镜嵌框镶翠，云投影动迟。
隔山听海曲，坦腹答鸥诗。
小憩吾狂想：移湖作谢池。

其五　观宿务市圣婴圣殿信众朝圣

圣婴无处觅，一殿拜烝民。

不碍阴晴日，何分贵贱身。

能凭天下愿，造就幻中神。

过客人皆是，曾谁问假真?

其六　乘船漫游洛博克河并访土著部落拾趣

两岸芭蕉夹，沧浪绿到丘。

歌酣鹅忐忑，风煦意绸缪。

吐火惊蛮气，披蓑念钓舟。

居中敲竹鼓，我亦土渠酋。

其七　参观山城碧瑶之将军摇篮菲律宾军校

风中闻鼓角，貔虎蛰城隅。
印麓容迷彩，排松挺直躯。
狼烟高艺弭，鸿志格言扶。
寄语功成日，欣无万骨枯。

其八　友人相助得以临碧瑶阿尔法兰峰顶度假村揽胜

幸得清风助，跻巅举翼轻。
云涛浮别墅，峰屿隐瑶城。
郁羡天时夺，幽怜鸟雀鸣。
披襟尘妄灭，好境快平生。

久客书老怀用辘轳体五首

其　一

漫拾林泉落木黄，吟髭今捻迫榆桑。
径无径处恒心在，才不才间大勇藏。
一味留人沾月露，十分惬意嚼诗香。
跻巅欲掣秋风尾，揽秀迎他九宇凉。

其　二

四时代谢即流光，漫拾林泉落木黄。
既诩高风清竹坞，胡教绣口砌云章？
凌虚雁远尘寰小，裂壁松遒气骨昂。
不作飘零迟暮叹，知秋叶梦在青苍。

其　三

树鸟穿篱闹晓阳，彼家花绽此家香。
闲看草地伤心碧，漫拾林泉落木黄。
读月添松窗小趣，爽神踏石径微霜。
三分一亩窥天下，笑我由人不自量。

【注】寒舍占地恰一亩三分。余专业包括国际金融和国际经济学。

其　四

叨叨无复说炎凉，礼佛心焚一炷香。
万类都归天掌握，半生且付岁评章。
独怜冰雪偕梅白，漫拾林泉落木黄。
追古余年摹李贺，唯将平板作奚囊。

其　五

岁杪遐思总未央，心桥无断隔重洋。
那厢嗑嗑追新剧，此屋痴痴醉古装。
孤岛何堪天黯淡？乱人不觉事荒唐！
老来属意秋乡景，漫拾林泉落木黄。

过夫子庙江南贡院

足令文枢誉一流，棘闱学子博千秋。

求知真比求名少，入世何如入仕稠？

悟否郑樵遗鹿梦，记曾秦桧占鳌头。

未然殿试包贤宰，号舍犹陈误国忧。

代三十万冤魂叩谢梅汝璈

十殿阎王又若何？万魂饮恨讵消磨。

秦淮累骨流川断，状牒闻官杂语多。

战猛从知章噀血，国微肯许罚遗魔。

钟山自可掀髯笑：青史缘公有浩歌！

【注】章：梅汝璈主张判决书中单设一章对南京大屠杀予以说明，并为此倾注了大量心血。

人生秋至有感

坎坷生涯寂寞诗，夜阑浅唱入眠迟。
岂因朽谢叹黄叶，好助森荣发绿枝。
月色白从秋雨后，枫林红到雪来时。
天裁万物饶真趣，竹菊梅兰各异姿。

【注】雨：音 yù，动词（非名词用作动词），作“下雨”解。

异国夏日家乡巢湖秋梦

题注：全家近日回国，唯我因工作忙未能成行，见传来视频图片，因作。

未至清秋动客思，撄心夏月探窗时。
屏前夜语全归鹤，枕畔湖声半译诗。
织姥山蒙帷幕雨，曳芦荻白钓翁丝。
横空雁阵书人字，或问乘流少了谁？

读陈寅恪诗感慨系之

旧梦遐思亦自宽，史迁翰墨楚臣兰。
悲从躯壳违心始，节透精神曲笔瞒。
卅载注鱼虫有命，一朝罹祸患无端。
等身巨著人皆仰，孰解吟中世味寒？

于新西兰过中秋节

娥舒广袖拂寰球，次第匀辉达五洲。
草木南肥春正闹，山川北爽夏初收。
夺霜泽每馋胡眼，怀橘情端抱等流。
唯有婵娟无国界，感恩节外一中秋。

【注】南：南半球；北：北半球。每逢中秋节，余总要带些自制的月饼与系里来自各国的同事们分享。

西山诗社成立三周年恰逢仲秋寄感（出群格）

漫从网海觅诗群，天许萍漂此寄身。
怀橘蟾辉当牖挹，转蓬块垒与谁论。
祖鞭有待扬鸿志，董笔无忘止孽因。
栌叶出新红老树，千秋未见仗推陈。

敦　煌

嵌漠沙洲绿渐多，凭谁玉塞戢干戈？
鸠工凿石千秋窟，大辂椎轮五代歌。
唐圣魂终归壁画，晋僧德自布弥陀。
披怀许纳殊方水，不息奔流出党河。

【注】唐圣：唐代画圣吴道子，其艺术风格消失于中原，却再现于敦煌壁画。晋僧：西晋僧人法护，世居敦煌，终身翻译梵文佛经。

月牙泉

鸣沙只眼此微睁，湛澈秋波写不成。
岂让飞尘潭外入，尤怜落日镜中明。
经多气象知寒热，阅尽时流辨浊清。
最是洗心甘冽水，半宜自鉴半陶情。

玉门关（入群格）

曾扼岩疆不计年，汉唐佳气没狼烟。
犹闻铃渡平沙碎，一任云蒸酷日悬。
魔鬼当时危贾客，英雄几个到胡天？
神京拓复西瞻意，未许东风止玉关。

霍去病

去病堪名去汉忧，故疆四战铁骢收。
威于弱冠祁连服，志向奇兵瀚海酬。
未灭匈辞修府邸，宁无誉盖谥公侯？
抟风千载吹英骨，长送精魂瞰九州。

【注】四战：漠南之战、河西首战、河西二战、漠北决战。霍去病墓前一石雕刻有“马踏匈奴”四字。

临世界奇观棉花堡有所思

不赖丹青笔一支，天公罨画自瑰奇。
池凝翡翠盈眸绿，岩扮棉绒假手知。
濯足能裁膏乳句？横丘似蹙雪霜眉。
此间纵好仙源境，避徙何期有孑遗。

【注】孑遗：指连年拥入土耳其的数百万叙利亚难民。

爱琴海锡拉岛观日落

泼金岂独向粼粼，更抹山城熠到漘。
碧汉才悬初落日，寒风已簇万方宾。
欲凭迢递崦嵫意，来悟苍茫造化因？
沉海犹思明大宇，丹霞一片挂西旻。

爱琴海锡拉岛

万顷沧溟托一珠，爱琴弄曲湿云衢。
教堂孰饰蓝拖白，夕日遥焚碧晃朱。
风戏婚纱撩浪漫，池摩燕侣妒恬娱。
谁知劫后遗城上，已卧千年信美湖。

【注】遗城：前 1500 年的一次火山大爆发把孕育了具有高度文明的锡拉岛大部分摧毁，沉入海底，只剩下现在还在海平面上的外围岛屿。

乘船游览“牛渡”海峡暨欧亚大桥

一水沧浪浣亚欧，横霓已改故春秋。
蛟龙没影涛声在，宫殿无兵剑气留。
纵恃繁华桥独启，未消战伐庶仍愁。
忽闻海峡称牛渡，几缕幽情共泛舟。

【注】波斯帝国西征欧洲及十字军东征时都到过此海峡。海峡欧洲岸的皇宫有古代兵器陈列馆。传说宙斯曾变成一头神牛，驮着一位美丽的人间公主从海峡游到对岸。

题地中海海上遐想留影

蔚蓝色破一衫红，入画驰思渺邈中。
襟抱毗连三大陆，史书眷顾半遗宫。
鹿因肉硕经年逐，虎到牙衰不日穷。
此刻游人耽旖旎，怕提异代炮声隆。

【注】地中海连接欧亚非三大洲，历来是军事大国激烈争夺的海域。考古学家曾发现因地震而沉入海底的法老古城及宫殿，此被誉为“海洋考古史上最伟大的发现”。

题地中海游船上夫妇合影

共陶海抚风凰琴，次第声翻浪漫音。
不是相濡时以沫，焉能合契日于心？
微风穆穆眸凝远，淡影纤纤耳顺临。
见证鲽鹣情弗老，掬波洗笔润徐吟。

伊斯坦布尔圣索菲亚大教堂

惊怀不是殿辉煌，基督清真共此堂。
金盾悬穹凌庶物，圆雕许爱庇遐疆。
翻闻灭异唯鞭血，谁见称孤幸避亡。
躬履心头人一字，任他信仰隔参商。

【注】金盾：指教堂内书写“穆罕默德”字样的金字大圆牌。

凌晨乘热气球探险大峡谷戏作

恐高却笑鸟飞低，诡谲蟾容叹复迷。
玉柱参差深白谷，金流断续浅青溪。
球围朗旭晖揩面，目逐遥岑意纵蹄。
检点归来遗失物，几多鹤梦落云梯。

【注】此峡谷具有地球上最酷似月球表面的地貌，是《星球大战》的取景点。

参观雅典卫城遗址（出群格）

乍见辉煌老眼青，残垣谁识古文明。
誉隆或仰诸神话，客至多看一卫城。
圣殿森森终属昔，时人碌碌鲜闻声。
发祥不复兴昌地，唯剩西山落日情。

登北固楼怀古

久染辛翁宋土忧，耽吟今日向岑楼。
廉颇一问铿金石，京口双词射斗牛。
眼底江河兹汇涌，史中吴越几同舟？
擎觞若更论雄杰，我假醺然哂仲谋。

【注】双词：指辛弃疾《永遇乐·京口北固亭怀古》和《南乡子·登京口北固亭有怀》。江河：特指长江与隋唐大运河。

回国访学期间游瘦西湖

一笑西湖较瘦肥，也凭气格溯玄微。
风摇荷柳三春绿，帝抹亭桥十里晖。
真觉船娘歌俚曲，径教游子动心扉。
夜情盎溢樊川绝，漫索清箫怕月归。

【注】俚曲：扬州民歌。樊川绝：指杜牧七绝《寄扬州韩绰判官》。

为江苏打造长江沿岸生态走廊而作

金陵不屑凤凰求，指顾东南异象谋。
夹岸画廊由树绿，宜川风色待渔讴。
峰高境得三霄日，涯秀情回万里舟。
唤起谪仙联袂去，镶林重读大江流。

回国晤教安徽诗协叶董二会长

蜀山淝水梦何悠，复挹春风洗浊眸。
片刻乡音蠲忖念，三分酒意话吟讴。
与其乱目星垂野，曷若凭高月满楼。
亦仰亦攀峰太白，争教鸿爪雪泥留。

清明时节回国祭扫母亲坟

万里临茔叹叩稀，仰天每恨雪封时。
弥留唤子声嘤耳，伫望锥心雨洒悲。
明月长眠亲碧草，幽泉不赴有何谁？
人生我罢寻慈去，也共清风也绿陂。

【注】2008 年 1 月暴雪肆虐，机场关闭，阻我回国；越洋电话中听母弥留之际呼唤我名，声声悲绝！

大洪山古银杏王

杏王能几见？一树艳巍岑。
春杪浓披翠，秋深璨镀金。
听经销俗骨，镇寺守恒心。
叶彻菩提悟，临风傍塔吟。

大洪山禅寺慈忍祖师（入群格）

无复禅师迥逝容，慈恩不碍坐巅峰。
楚山望刹成今古，清梵招云透鼓钟。
祷雨欣将身代畜，践形未负诺于龙。
疗贪惧悭红尘事，药在千年佛足中。

【注】慈恩：禅寺名。据说慈忍大师坐化前记着祈雨时向龙神许下以身代牲的诺言，毅然割下自己的双足。他的双足留镇山门，肉色久而不变。后人传为镇寺之宝，名曰“佛足”。

于新西兰过中国春节

莫笑胡儿议节名，龙人夏涌走春情。
荆公句有熏风补，明圣标无国酿争？
食饺福熹寻硬币，刷屏年味到南瀛。
起趋己亥初升日，我颂祯祥第一声。

【注】大学系里的洋同事曾戏言：在新西兰，中国的春节应改称“夏节”。明圣：英文名为 Mission Estate，系新西兰最古老酒庄，其宝石品牌红酒颇负盛名。新西兰是全球最早迎接日出的国家。

看电视剧《历史转折中的邓小平》寄怀（出群格）

鸷落频仍谑奥金，匡时末起动元神。
惠霖瘠土仓增粟，疏禁黉堂国尚珍。
四海蓝教胸次豁，九州绿踵粤南春。
淳言矫俗垂青史，亿兆心声属一人。

六五初度杂感

此日莼鲈孰与思，思莼鲈恐泪心垂。
已无鹿梦撄清夜，却有霜髯兆白痴。
守旧先瞒何奈叹，开新窃把自矜疑。
风怀老去吟怀茁，许我残生复泛卮？

看电视剧《大唐诗圣》怆然有作

暮年漂泊客怀孤，衷在长安舛在途。
觊望虞唐魂不死，许身稷契圣何愚！
病中老泪忧黎瘼，溪畔诗霖浥蜀都。
倾尽余杯残月卧，致君梦泣绝苍梧。

读张苍水诗有感

每从绝笔痛余哀，疑冢当年没草莱。
人仰二师钦峻节，陆沉九鼎哭灵台。
不消诧者污名雪，姑妄听之圣臆开。
莫道南屏苍柏染，诗霖四季润崔嵬。

【注】张苍水就义前赋《绝命诗》。其遗骨安葬时，为避清廷耳目，建坟墓前仅草草立一碑石，石上题“王先生墓”。二师：岳飞、于谦，见张苍水诗句“国破家亡欲何之？西子湖头有我师”。乾隆年间，清政府终于赠张苍水“通谥忠烈”之尊号，一改过去“逆寇”“海逆”“贼渠”之贬称。

崇　祯

自缢煤山亦国殇，纵勤纵俭效高皇。
诛肱幼主终贻悔，乏策谋臣孰救亡。
北御城虚犹顿具，南征将死证黄粱。
一疑眚外征狐笔：底事黎黔恸帝丧？

【注】肱：被朱由校重用的魏忠贤。城：长城。将：明朝武将孙传庭。康熙曾说，长城是个摆设。据记载，听说崇祯帝自缢殉国后，街巷哭声一片，竟有数万人学他上吊而去。

机上俯瞰新西兰纯净山水有感

偶支一榻卧云衢，眼底奔来线毯图。
几点青螺尘不染，数张银网曜真殊。
陵妆偏绿因溪澈，日镜难磨任霭铺。
岂独天公怜洁甚，众生行止净江湖。

黄　河

万里滂沱滚滚东，势开禹域挟天风。

归墟浊去回肠路，旷世清来炫目功。

鬣怒吹潮滋沃野，鳞金染漠璨诗雄。

汹然也是深情水，湩乳千秋酿未穷。

咏编钟

岂止明珠扼要冲，世人犹叹古青铜。

双音骇俗存金石，万籁留声奏大风。

醉乐夷师如洗耳，盖琴韵响欲摇穹。

从今遏断流云曲，只属编钟不属弓。

【注】弓：取其“演奏弓弦乐器时的运弓技术”之义。

诗词创作感怀

墨假吟袍润不枯，子期每问伫听无。
清泉洗句裁明月，闲趣烹茶品贯珠。
曦抹层峰巅独赤，境臻高格臆当殊。
浮华删尽精华在，更遣心舟泛石湖。

【注】石湖：南宋“中兴四大诗人”之一的范成大晚年居石湖，号石湖居士。

梅西大学毕业典礼

葳蕤一片杏花坛，惠色因人益可餐。
菜鸟参差鸣稚语，青鹰矫健击云端。
将雏喂血欣承累，遂夜吞书苦吐欢。
喜泣年年秋典日：五洲士子戴荣冠。

【注】菜鸟：来自各国的新生。青鹰：见晋郭义恭《广志》“三岁曰青鹰”，此处喻三年毕业的包括学士、博士的学生（英联邦大学普通本科生、博士生学制为三年）。秋典日：新西兰的大学毕业典礼通常在秋季（4 月）举行。

贺电子诗刊《珠江清流》第一期面世

唐峰宋岳境弥高，猎猎吟旌暗羽旄。
不奏心弦千叠曲，曷听诗海万重涛？
谪仙甫圣欣其隽，翰苑文情证汝豪。
我向胡杨遥举盏，痛风也尽一壶醪！

海外还乡暮春雨霁重游巢湖

又趁云收雨后清，涟漪绿涨雁归情。
才离复即鸥呼我，乍止还歌棹送声。
锦鲤丰真馋钓客，翠条湿欲浣春城。
异乡屡绘王维画，不是巢湖笔不精。

【注】春城：指安徽省合肥市滨湖新区。

赠国内诗友群诸同好

岂从谋面试交心，屏议应知道浅深。
语有诙谐真迪智，人无旷达岂披襟？
窖中桂醑呼高侣，望里家山激越吟。
不学伯牙清迈甚，子期难遇也横琴！

合肥谒包公祠有感

果然气象一阎罗，孝肃祠门立岌峨。
色正或教狐鼠少，芒寒讵灭虎蝇多？
谁知斫木萌新蘖，别有残蜩抱旧柯。
纵使青天霾蔽日，时人兀自吊包河。

云南行吟十首

其一　咏昆明

云呈七彩韵如何？聊取春城启咏哦。
红卷潭情千树叶，绿扶蝶梦一池波。
楹联境自空今古，水影楼堪秀画罗。
他日重来鸥鹭戏，翠湖许置酒诗窠。

【注】潭：黑龙潭公园。池：滇池。楹联：大观楼长联。翠湖：系昆明红嘴鸥、白鹭飞舞栖息地。酒诗窠：见辛弃疾诗句“抛却山中诗酒窠”。

其二　石林奇观

云根拔地自岧峣，笑视寒来万木萧。
海孕灵苗奇卵石，风镌岩壁异形雕。
无枝可折描嶙骨，有剑堪挥刺碧霄。
我欲移林诗苑里，南天指柱借轻摇。

【注】南天指柱：系刻在一石崖上的四个大字。

其三　大理佛都义务导游

题注：大理崇圣寺有一位三十出头，毕业于中国佛学院、不计报酬的导游，以其渊博的佛学知识、诙谐而富禅理的言辞、机敏智慧的目光，乃至浓重的江苏口音和抑扬顿挫的声调，深深地吸引和折服了一众游客与香客。该导游赠送四句话，要大家慢慢领悟："把别人当作自己，把自己当作别人；把别人当作别人，把自己当作自己。"

亦俗亦僧罗汉相，慈航辅渡步骎寻。
诠经口吐莲花语，施爱眸藏慧水心。
但悟禅机持善念，何须寺庙拜观音。
箴言贶赠炉烟馥，恍见菩提遍梵林。

其四　大理南诏风情岛

苍洱襟裾一碧螺，晴波曲伴鸟频歌。
观音勿虑真身少，沙壹安嫌子嗣多？
尽散闲愁怜海女，休生妒意眺云娥。
环山品得瓶泉意，怕使湖光染疾疴。

【注】沙壹：沙壹母。海女：海中沐浴少女之雕像。云娥：喻指杨丽萍(及其临海别墅太阳宫)。瓶泉：林则徐号瓶泉居士，有赞美洱海诗句曰：“苍山不墨千秋画，洱海无弦万古琴。”

其五　访丽江木府

瓦碧楼朱紫陌长，纳西京邑汉宫堂。
称魁边域终难久，俯首王朝始渐昌。
万卷辉生明宋典，三清烟绕道尊香。
玉音袅袅风携去，闻否东溟一跳梁？

【注】万卷：万卷楼。三清：三清殿。玉音：玉音楼，是接圣旨之所，有跪接圣旨当带来歌舞升平之寓意。

其六　茶马古道骑马遐想

未登踏蹬已心痴，昔日风云体味之。
蹄印蜿蜒青岭外，马帮回溯晚唐时。
餐霜宿雨天钦叹，泣血吞悲妇独知！
拉市今弹丝路曲，曲新却待郢中词。

【注】茶马古道的骑马路径的终点为拉市海畔，茶马古道也被称为古代南方丝绸之路。

其七　山顶俯瞰虎跳峡得句

怒水裁山万壑风，云崖濯足奏璁珑。
上中下跃三虒虎，日月星惊一石洪。
峰首沉浮丸讵障，金沙呼啸势唯东。
心河也自高原泻，能绿前川岳几丛？

【注】峰首：传说中哈巴雪峰兄弟被砍之头颅，化作江中一巨石。此作获2017年全球汉诗总会“王维杯”山水田园诗大赛港澳及海外特别奖。

其八　访景洪猛泐大佛寺戏作

入门不为苦修禅，塔殿多姿缈瑞烟。
欲拜如来祈福泽，须经罗汉辨诚虔。
慧根叹我寻无计，佛法看人度有缘。
窃问炉前香火客，金身可享敬神钱?

【注】前往大佛的数百个石阶两旁分别站立着四十个罗汉托钵雕塑。

其九　探访傣族村寨曼景罕村

鼓乐声中进寨屯，白墙蓝瓦翠环村。
竹楼欲觅稀成景，砖宅虽豪朴是魂。
摇日果红风馥郁，筑巢凰主凤温存。
人间羡此同心地，夜寝家家不锁门。

【注】傣族部分地区保留了女娶男嫁的风俗。

其十　西双版纳印象篇

才饮丽江醇窨酒，又携诗梦到南疆。
丛林带雨盈眸翠，象谷听溪却暑凉。
蔽日橡胶功在昨，分云佛塔利于祥。
似颦犹笑骚多哩，荡尔春心老不妨。

【注】橡胶：20世纪几十万上海、北京下乡知青在西双版纳种植了漫山遍野的橡胶树。骚多哩：傣语指“美丽姑娘”。

游三河古镇三首

其一　古镇

江乡景致水其精，两岸鸡闻彼县鸣。
取此三河千叠韵，讴他八古万年情。
廊桥照影涟波绿，霓旆观鱼画舫轻。
暮立城头浮往事，斜阳曾染粟陈兵。

【注】八古：古河、古桥、古圩、古街、古居、古茶楼、古城墙和古战场。粟陈兵：中国人民解放军第三野战军于1949年在三河镇筹粮集船，准备发起渡江战役。

其二　望月阁

百祀沧桑一阁收，我来吊古独登楼。
哲贤影在鸿题壁，将相珍遗汉水流。
已散烽烟今鹊渚，终归贾贸小升州。
江淮号甲人犹似，仨月争教鹤梦酬。

【注】汉水：三河水又称三汊河水。鹊渚：三河镇古名。升州：南京古称之一。三河镇于清末民初曾被誉为“小南京”。“望月阁”有“江淮第一阁”之美称，旁边有一望月桥。据说每月十五月圆时站在桥上望月，可以望见三个月亮：天上一个，水中一个，心中一个（许愿对象）。

其三　谒孙立人将军故居

来从铁血仰威仪，孙武家声裔壮之。
挥剑悍屠倭寇旅，犯颜力避野人痍。
名驰沙漠叹凶死，飙荡丛林解倒垂。
除却躬身多弹洞，丹台记否狗烹悲？

【注】隆美尔有“沙漠之狐”美誉，据说被希特勒“赐自尽”。“东方隆美尔”孙立人有“丛林之狐”美誉，在台湾省遭蒋革职软禁。

贺《瞿唐潮诗评》壬寅秋创刊

诗城乍焕靓秋旻，芳躅谁言迹已陈？
倒峡遥分千嶂雪，信潮绿办四时春。
萃何秀气岚休妒，绽许幽兰馥自淳。
水托嘤鸣声更悦，一刊放棹出江津。

有感于周公人格境界

不羡君王羡股肱，萧何诸葛久心崇。
霸僚定鼎欣成相，砥柱匡时幸赖公。
慨受微词称韧雅，悲从大义证谦恭。
魂携雨洒千山绿，复替躬身洗病容。

【注】此作获“纪念周恩来诞辰 120 周年全球华语诗词大赛”2017 年 9 月月度优秀奖。

追思周公

张良辟谷岂无私？未必功成退隐时。
勋烈卓难千字了，倦容瘦可一徽知。
纵饶丞相祠堂赋，不若黎元众口碑。
拭去英雄悲怆泪，图强争读大江诗。

【注】千字：指周公悼词有两千余字。一徽：指周公一生仅戴过的“为人民服务”纪念章。大江诗：指周公的无题诗——“大江歌罢掉头东，邃密群科济世穷。面壁十年图破壁，难酬蹈海亦英雄。”此作获“纪念周恩来诞辰120周年全球华语诗词大赛”2017年度律诗二等奖第一名。

闻泸州老窖集团收购澳洲富邑葡萄酒庄喜赋

难得他乡纵酒歌，迭觞复咏趣何多。
泸州满宅浮香气，富邑高杯漾渌波。
气欲横洲醺绿岛？波思鼓浪入黄河。
莼鲈情外圆新梦，陶醉从教面愈酡。

游新西兰明圣酒庄

平畴展绿接遐丘，霄白坊红一望收。
沐日晶莹悬宝石，窖浆潋滟旺清秋。
纵能月制千罍酿，岂为长消万古愁?
乐奏齐天杯啜曲，央星扶醉放诗舟。

【注】酒庄有举世闻名的宝石系列葡萄酒，每年都举办世界级艺术家酒庄音乐会，许多名人都会亲临现场。

悉尼海港酒吧夜生活拾趣

真如璚露雨城池，醉月醺湾到子时。
侃世何妨终覆瓿，呼朋漫尔共衔卮。
已然龃龉觞中弭，不复尊卑肆外羁。
最爱飞霞无却顾，舌僵兀自吐狂词。

六一初度抒怀

不辍时轮逐昼宵，此生颠沛复堪骄。
石头城捧东吴月，王阁楼听赣水潮。
人发龙吟声阵阵，笔牵番域梦迢迢。
骋怀北望珠峰顶，已见冲天凤翼摇。

【注】余兼职南京大学教授，赴江西财经大学讲授英文课程《国际经济学》，并常在国际学术会议上宣读研究中国经济的论文。此作获第三届“中华情”全国诗歌散文联赛金奖。

去首尔参加金融会议途经合肥拜师学诗艺

孤鸿北渡过庐州，一片潜心习咏讴。
平仄调琴弹意趣，比兴渗墨写春秋。
先贤已著文章锦，后学还趋气骨遒。
挹取淝河澄澈水，南瀛净岛逐清流。

【注】南瀛净岛：指新西兰。

回国与中学同学聚会二首

其　一

时轮不勒掣春秋，把盏申江故意稠。
握手暗寻青涩貌，呼名凝睇热诚眸。
人生遇冷方知暖，天运编欢亦织愁。
莫道重洋家万里，他乡皓月是归舟。

其　二

老来逗趣话黉堂，花季春情谑不妨。
嬉闹村闾怀发小，顾怜额角刻沧桑。
书翻世界胸襟阔，酒品浮生韵味长。
拥抱湖山残照里，且留红染鬓边霜。

柳亚子

陆陈翅楚柳堪俦，吟帜峰巅瞰九州。
南社复兴更壁垒，北溟频唱耀琳球。
嗔人谬作怀沙喻，勉己豪诗济世谋。
倘效春江严子钓，桑榆讵得国同忧？

【注】毛泽东曾称誉柳诗“卑视陆游、陈亮，读之使人感发兴起”。“北溟”借柳诗“席卷南溟向北溟”句而指北平。郭沫若曾赞柳为“今屈原”，柳不满，云“匡时自具回天手，忍作怀沙抱石看”。柳《寄毛润之延安》诗句云“云天倘许同忧国”。此作获“天籁杯”第 14 届中华诗词大赛金奖。

步韵奉和江启堂先生赠诗

流星碧汉只区区，异域诗坛作圣徒。
弟子渊通思效马，文章廖落敢称儒？
闲吟世事疏狂意，笑对生涯蹇舛途。
我愧无醪酬厚爱，聊凭锦瑟泻心湖。

【注】马：此处指东汉儒家马融。

缅怀孙中山

布衣寸帖震王公，感召苔岑霸业崇。
三楚燃烽难灭地，五权铸鼎永铭功。
真知尽醮烝民苦，赤胆惟倾世界同。
清瘦眉梢欣几许，坐听狮吼大唐风。

【注】王公：指张之洞。清朝末年，孙中山留学归来，途经武昌（一说汉口）时，欲见湖广总督张之洞，便递上名帖："学者孙文求见之洞兄。"张之洞不屑，在帖子背后书以"持三寸帖，见一品官，儒生妄敢称兄弟"，让通报者退还。孙中山随即对以"行千里路，读万卷书，布衣亦可傲王侯"。张之洞敬服，下令开中门迎客。此作获第三届"诗词中国"传统诗词大赛二等奖（海外组）。

偕国内度假朋友漂流旺格努伊河

万里飞来试钓竿，渔情不羡羡波澜。
一条绿带箍峰麓，两侧丹崖抱鼓湍。
剪浪河祛尘务累，撕风兴逸水云宽。
心舟荡漾摇清梦，梦否桴槎十二滩？

黄鹤楼二首

其一　怀古

曾经千载几沧桑？旧迹蛇山没岁光。
鹦鹉悲欣缘世运，汉阳楛菀耐平章。
翻怜逝去吟鞭句，徒唤归来楚客乡。
会得白云黄鹤意，登临胸次豁青苍。

【注】此作获第八届黄鹤楼诗词大赛优秀奖及第三届“诗词中国”传统诗词大赛二等奖（海外组）。

其二　咏今

骑龙乘势立峰巅，跨鹤归奚不愕然？
四面流光星拱月，八方展翼气吞干。
楼偕境胜承文史，境辅楼宏锁雨烟。
莫更青牛施助力，万千辛氏尽商仙。

【注】据《极恩录》记载，黄鹤楼原为辛氏开设的酒店，一道士为了感谢她千杯之恩，临行前在壁上画了一只鹤，告之它能下来起舞助兴。从此宾客盈门，生意兴隆。过了十年，道士复来，取笛吹奏，跨上黄鹤直上云天。辛氏为纪念这位帮她致富的神仙道士，便在其地起楼，取名“黄鹤楼”。“商仙”指小说《商仙》中发财致富的主人翁云少寒。此作获第八届黄鹤楼诗词大赛优秀奖。

重访留学之地英国三首（新韵）

其一　乘机途中遐想

放眼诗槎泛碧蓝，干云豪气忆当年。
去国万里汲洋墨，衔梦一心曜赤寰。
劳骨皆经磨杵累，热肠互教负笈甘。
天涯已是微屏内，敢问王勃句可删？

其二　牛津崔占峰庄园格拉斯哥留学同学重聚

一围采邑翠城郊，古堡清溪客雁招。
袅袅新宅歌旧曲，溶溶昨月照今宵。
烹肴细品格斯味，举盏豪斟洛孟醪。
底事长萦回首梦？牛津此夜醉逍遥。

【注】旧曲：指歌曲《往日时光》。“格斯”为格拉斯哥之缩写。洛孟醪：指洛孟湖威士忌。洛孟湖系苏格兰最大湖泊，当年留学生学联常组织大家去踏青。

其三　见诸留学同学均已取得非凡成就喜作

乐在攀援不在巅，及巅览小望中山。
殷勤泰半缘耽趣，探索何曾为赚钱?
奖只添荣宜简历，学堪惠世胜虚衔。
才情纵使皆横溢，揽月尤须自主天!

【注】此作获第三届“诗词中国”传统诗词大赛三等奖（海外组）。

诗友作诗词本质与格律关系一诗奉答

孤标自诩九芒珠，贬椟虚谈道统枢。
画苇怕言根蒂浅，托名难蔽腹肠枯。
刀功何碍烹嘉馔？汉祖端能得旷涂。
懒问几人俦子美，颇偏或恐类癯儒。

偕国内友人新西兰共度中秋

何以酬遐客？金蟾助酒卮。
分辉无世态，寄月尽乡思。
青女慵霜降，银光许露滋。
琳琅精色润，玉兔亦贪之。

【注】新西兰时下正值仲春，无秋霜，有春露。琳琅：指太太自制的月饼。

小黑马（新韵）

题注：经过全国范围激烈角逐和严格筛选，新西兰国会最终将 2016 年度“青年领袖奖”颁给了 16 岁华裔女孩黄微沁，以表彰她在组织和领导青少年参与社会公益（包括华人权益）活动方面的杰出贡献和非凡能力。作为提名推荐人，余特赋此以致贺。

已抱鸿鹄志，无须策响鞭。
岂甘赢赛事，属意踏河山。
境界驹群仰，宏图马首瞻。
腾达当指日，伯乐敢危言！

与澳洲卫眉九夫妇重聚墨尔本（新韵）

题注：自二十世纪九十年代初在英国格拉斯哥攻博毕业分手后，天各一方，迄今已有近二十四年未曾见面。此次借悉尼国际学术会之际始得机会重聚，感而赋之。

怀抱青丝貌，来寻鬓角灰。
春光何处去？素盏举时归。
闯海舟犁浪，临园果抵眉。
梦留珍重里，执手立朝晖。

与澳洲高跃一家圣诞节前一日奥克兰重逢（新韵）

题注：自二十世纪九十年代初在英国格拉斯哥攻博毕业分手后，天各一方，迄今已有约二十四年未曾见面。此次高跃一家圣诞节乘邮轮度假，停靠奥克兰一日，与我们观赏奥市风光，并“淘宝”于新西兰著名碧玉商店。遂作一律记之。

喜践旧时言，轻车过海湾。
谈锋穿岁月，塔顶瞰山川。
鉴玉成竹握，藏光慧骨瞻。
携情公主号，重返水天蓝。

荆妻中学八女同学退休后来新西兰观光喜作（新韵）

八姑羽驾喜偕游，赤道徒分两半球。

新酒十觞酣故意，北春万里和南秋。
沧桑未见朱颜老，风雨方知毅力遒。
百味弗如闲有味，五洲览胜养青眸。

【注】新酒：指新西兰红酒。北春、南秋：北半球之春天、南半球之秋季。此作获“天籁”杯第 14 届中华诗词大奖赛金奖。

咏新西兰南岛蒂卡坡湖（新韵）

一水云书雁影涵，明湖梦幻宝石蓝。
翠濯浮躁俗尘去，澄唤恬泊雅兴还。
爱自然心绝世韵，褪雕饰景富奇观。
咖啡润意泉温象，好采风光满锦笺。

【注】湖畔约翰山顶有一号称世界上景观最美的咖啡厅，山脚有一温泉。此作获第四届中外诗歌散文邀请赛一等奖、最佳诗歌奖及“天籁”杯第14届中华诗词大奖赛金奖。

奥玛鲁摩拉基类鳌大圆石（新韵）

境想瑶台画想工，石浮碧海媚晴空。
奔雷卷浪鳌吞雪，瞰岬披襟鹭驭风。
暮霭人怜迷屿翠，晨曦我蘸染诗彤。
繁华阅尽思归朴，净土难逢此处逢。

【注】此作获“天籁”杯第14届中华诗词大奖赛金奖。

新西兰南岛皇后镇（新韵）

何期仙境隐于斯，小镇今来挹秀姿。
三面黛螺夹海浦，半围碧毯绿城池。
鹰衔云絮牵遐目，地洒银光入隽诗。
莫道蓬莱天上属，此间王母亦心驰。

【注】此作获“天籁”杯第 14 届中华诗词大奖赛金奖。

读柳亚子七律四首《吊鉴湖秋女士》（新韵）

屠龙刀笔吊英魂，哭起惊雷震敝昏。
哽哽吟来声嚛血，匆匆殁去士剜心。
公怜精卫填沧海，伊舍头颅策后昆。
赍恨四章闻雒诵，义师奋灭虎狼秦。

【注】此作获“天籁杯”第 14 届中华诗词大赛金奖。

南半球诗弟遥寄北半球诗兄（新韵）

同怀一片楚骚心，唐宋峰攀我与君。
干北君逐鸿雁远，坤南我取雪桃馨。
未曾雅素瞻君范，已是醇香沁我襟。
君月我星裁锦句，任他巅鬓浅霜侵！

观老友《李洪峰书法艺术鉴赏》有作（新韵）

学商砚酒溯生涯，数尺龙蛇最自夸。
虿尾银钩含柳骨，翔鸾翥凤逸云霞。
毫挥韵致唐八圣，墨蘸精神宋四家。
追梦何妨双鬓雪，翰林影俏尔奇葩。

【注】学商砚酒：治学、经商、书法、嗜酒。前二为职业追求，后二是业余爱好。追梦：为一幅书法作品仅书的两个大字。

牙病遐想（新韵）

撄人蠹坏碍食眠，讵料斯疾恁不堪。
龋洞填难除病蒂，假牙镶只饰仪观。
尝闻妙手求医本，每愈沉疴仗固源。
吏治烟尘绝釜底，何愁署府寡清廉？

第三届“诗词中国”大赛征集截稿日有作（新韵）

唐峰宋岳境弥高，猎猎吟旌漫玉霄。
指泻心泉千丈碧，辰闻愫曲万重涛。
诗痕李杜惊其隽，词势苏辛羡汝豪。
六百余年驰五月，吉风借力驾狂飙。

【注】吉风：喻登顶“吉尼斯”目标带来的旋风。

记全球参加长沙金融国际学术会议学者访岳麓书院

诠联碧眼逐楹开，古院星遗惜斗魁。
话到九流矜善也，伫闻众杰慨叹哉。
蠹鱼岂饱嫏嬛洞，棠树何分晋楚材。
上国菁华窥十副，谁抟擘絮播天垓？

【注】岳麓书院虽然历史为最悠久之一，却不在全球最古老学府榜上。晋楚材：见胡亚东论文《鄢陵之战中“楚材晋用”与“晋材楚用”》。“十副”指岳麓书院10副经典对联。

圣诞度假采风于新西兰国家公园（新韵）

岂觅灵犀向蔚蓝，驱车南下唤吟鞭。
苍峦一路揖云客，碧水八溪纳谷泉。
隔叶诗闻晨鸟诵，镶珠月点晚塘寒。
醍醐酒共谁人饮？洗我心尘皓首山。

【注】皓首山：指新西兰国家公园的著名雪山（Mt Ngauruhoe），其远远望去像日本的富士山。

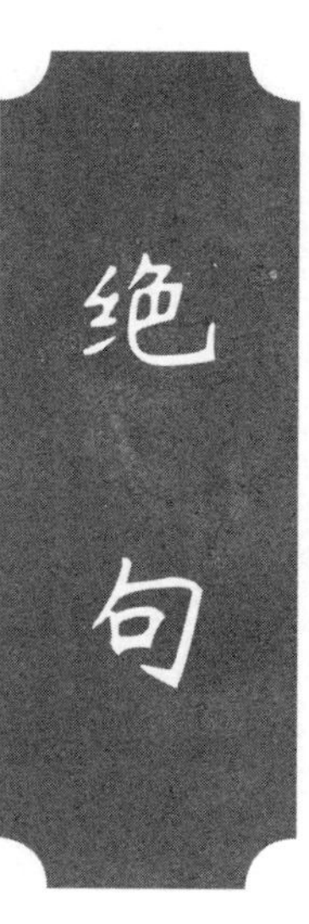
绝句

唱《花为谁开》歌存感

雾里看花幻世珍，唐霓元彩孰清尘？
江湖慧眼寻无处，已惯千年假乱真。

唱义山《锦瑟》歌存感

无关瑟事却关心，自古谁能解尔吟？
适怨清和枢蝶梦，神弦拨处怅幽襟。

唱《故乡探雨》歌存感

参寻细雨湿乡愁，画笔心挥意探幽。
怎忍子规啼月夜，怜霜归去上青头。

题日暮湖景照

一水涵霞媚颢苍，白鹅呼我逐霓裳。
秋情似点湖心火，潋滟澄波煮夕阳。

咏抗疫第一线医生

漫道悬壶岁坦舒，让夷急病竟谁如。
白衣直面瘟神胆，都在睟心脊上书。

读《潇雨普洱茶词集》

无须普洱品新茶，已自云根汲露华。
扑面香来清沁骨，词人送爽到千家。

海外解说王维红豆诗《相思》

碧矑尝与话王维，奄有诸情妒此诗。
可惜感恩怀阜老，玫瑰未许寄乡思。

咏随州

双峰二水抱明珠，更有编钟证尔殊。
得此汉襄形胜地，何愁西域不鸿图。

【注】双峰：大洪山峰与桐柏山峰。二水：长江与淮河。

赠曾侯乙

萤烛浮生乏夐明，却因钟磬宇寰惊。
君今自可掀髯笑，青史无名冢有名。

赞史小菊博士

题注：史小菊博士毅然辞去伦敦一家薪酬丰厚的公司工作，带着自己药物发明的专利回国创业，特作此诗以致贺。

已倦东篱囿丽华，幽香曷若漫天霞。
衿期绽满南山野，入眼无枝不九葩。

国内上元节新西兰夏月寄思

煮饺三盘酒一壶，蟾光呼至岂言孤。
龙乡吉瑞杯中溢，复问嫦娥有句无。

题《珠江清流》

诗心狂野自难收，好句安从字里求?
裁得潇湘山共水，珠江一脉出清流。

儿媳初为人母赋此

蚌胎足月出明珠，娩罢双眸湛澈湖。
阵痛无声浑自了，唯留哺子静安图。

戏给新生孙儿画像

敢称天赐小麒麟？取次菲邦禹域因。
若问凤毛谁得似，半开星眼睥诸人。

答远方诗友寄秋日苦吟之绝句

银屏雁意裹寒秋，觅句苔痕踏满愁。
岂若诗情横碧宇，裁云一朵恣吟讴？

加拿大行吟十九首

其一　与中学同学蔡月琳温哥华重聚

雪霜未见暗侵头，依旧清莲养俗眸。
庭院枝摇花与果，耕耘信有四厢秋。

其二　新西兰老友闫晓明夫妇移民加拿大十三年后于温哥华重聚

人随日月几飘蓬？北美勤劬愿未空。
今次我来将进酒，浮生一醉笑谈中。

其三　一咏维多利亚布查特花园

花妍木郁景何殊？一样喷泉跳串珠。
坐听荒墟翻作苑，始知高誉饮江湖。

【注】1904 年，珍妮 · 布查特 (Jenny Butchart) 将丈夫枯竭的石灰石采矿场改造成这座集花卉、木石、池塘、溪径、建筑

等精巧艺术构思于一身而闻名于世的园林。余游览过新西兰哈密尔顿花园，与此园林颇为相似。

其四　二咏维多利亚布查特花园

宝奁四季雨晴开，姹紫青葱自剪裁。
步径循塘诗酿梦，梦从灵运枕边来。

【注】灵运：谢灵运，其梦中得灵感，写出名句“池塘生春草”。

其五　瞻仰特里福克斯铜像

残身咫尺即天涯，更踏云途万里赊。
到死犹存难死志，捧心我仰不须花。

【注】特里福克斯（1958—1981），身患骨癌被截肢。为癌症研究募捐，以残疾之躯，发起横贯加拿大之“希望马拉松”。累计跑完 5,373 千米后，终因骨癌扩散病逝而终止此壮举。

其六　加拿大希望镇之“勿忘”石

立石何曾为复仇？疆场但叠骨成丘。
昔时觌武今犹盛，翻笑箴言枉自留。

【注】希望镇（Hope）有一石碑，纪念第一次世界大战中战死的加拿大士兵，上面刻文大意为“我们不能忘记：以此纪念战争中死去的亲人们”。

其七　邻省时差

省际分时枉折腾，幸无跨界寿亏增。
东君岂顾人间事，依旧携坤自守恒。

【注】不列颠哥伦比亚省与阿尔伯塔省界碑两边时差一小时。

其八　翡翠湖

种云碧水魄澄宁，树古留岚列锦屏。
皓首峰垂缘喜客：红舠犁破一痕青。

其九　露易丝湖

群山涌翠拱明湖，迷眼摇青是此珠。
嵌入形神天造画，画中我醉倩谁扶？

其十　新娘面纱瀑布

廿寻瀑岂小文章，壁挂晶帘妩媚藏。
万斛珠倾羞喜泪，郎心溅得几诗行？

十一　斯帕哈瀑布

不必飞流落九霄，溪滋奶路亦迢迢。
冰川莫憾躬身减，刷绿千山化乳浇。

【注】此瀑布从垂直的峭壁上跌落下来，形成乳白色的河流。

十二　塔巴斯卡瀑布水击礁退

千里寻礁愿不违，杀声振聩是军威。
休虞柔水难酬志，只此痴顽世已稀。

【注】此瀑布有加拿大“小壶口瀑布”之美誉，水流湍急，水声震天。导游解说道：“河水终年与礁石搏斗，逼礁沿每年后移数毫米。但礁石的本性或迫使河水某天放弃这条流道而另辟蹊径。”

十三　车行高速路远眺积雪之洛基山

逐我银龙舞半霄，雪云凑趣助妖娆：
偷抛一匹绫罗缎，缠向琼簪静婉腰。

十四　德兰赫勒小教堂

天堂有路何妨小，境绝纤尘心自皎。
褪去奢华守朴真，世人悟此知多少？

【注】这是世界上最小的教堂，仅能容纳六人。虽极其简朴，却窗明几净，拥有真正教堂的一切。

十五　加拿大德兰赫勒死亡谷

谲诡丘形在僻陬，灵菇万态夺青眸。
侏罗纪事商人炒，端的财生觅古幽。

十六　踏阿撒巴斯卡冰河

冰原无欲却怀情，洗彻乾坤万古清。
太息年年身瘦减，讵知须减是文明！

十七　夏丘金字塔冰酒酒庄

谁斟滟海浮光碎？陇绿花红争我媚。
恨不倾囊醴酒收，也教纽国清风醉。

【注】酒庄的标志物是冰酒一瓶尽倾酒于杯中之巨大模型。滟海：见苏轼《洞庭春色》诗：“须君滟海杯，浇我谈天口。”

十八　蒂勒尔博物馆霸王龙模型观感

衔齿衔锋利爪遒，狰狞易复种难留。
无情造物司冥灭，任尔曾经霸四洲。

【注】四洲：恐龙化石遍布欧洲、亚洲、非洲及美洲。

十九　人与霸王龙一截高达4米的腿骨比高度遐想

一傍龙肢异象生，危竿侏笋恁分明。
悬殊我愕饶今趣，今趣争无太古情？

新西兰南岛 2018 年元旦度假十四首

其一　飞机上有作

奔来眼底絮团团，银网青螺次第看。
漫赏天公真画意，我支一榻卧云端。

其二　纳尔逊镇元旦前日剪影

小城无处不悬花，夏季芳菲逸万家。
交错觥筹闻祝语：此街欢乐及天涯。

【注】新西兰元旦时值夏季。

其三　纳尔逊海边逐月摄影

皎然冷月浸波央，一对明珠孰嵌镶？
摇曳蒹葭偷笑尔，痴情哪管海风凉。

其四　皮鲁斯溪桥下荆妻着大红衫留影

九曲清溪倒浴丘，湲湲碧水石间流。
一红点破青山色，涧底鱼虾也探头。

其五　皮克顿海港小镇

山林环港抱澄波，湔洗归船笛奏歌。
镇日海鲜风送味，群鸥急眼又如何？

其六　栖息于罗克维尔乡间村舍别墅

远山浓翠近溪幽，禽鸟迎宾絮语柔。
是夜星垂平野阔，水中月影待诗留。

其七　南半球最大冷清泉池

天光映彻冽清池，彩石轻云共影奇。
但掬泠泉酣一饮，心田注入自成诗。

其八　圣克莱尔葡萄酒庄品酒

半杯小呷惹相思，红豆原无妒忌时。
翡翠葡萄虽酿梦，梦中我却恋新诗。

【注】新诗：此处指酝酿中的诗作。

其九　费尔韦尔海角象形悬崖

层波堆起雪吞沙，一象悠闲踏浪花。
谁怕攀岩挪步险，登高送目恁无涯。

其十　拱门岛巨礁

闻道云窗此地开，病中杖履猎奇来。
吐吞沧海千重浪，双兽情怀不用猜。

【注】云窗：指 Windows10 启动时的屏幕界面图。

十一　金色沙滩夫人们嬉闹

绾裤牵风碧海垠，小溪潮退自沄沄。
身披五色金沙走，撒笑涟波戏后跟。

十三　送别角咖啡馆中静候夫人们掘贝凯旋

滩涂远眺躁难宁，料见生鲜眼泛青。
鸥鸟盘桓思悦尔，长歌归路不消停。

十四　晨访新西兰中心山

仰对标尖一指弹，转身巡视众高峦。
东君自比中心立：万类休忘道早安。

步韵熊东遨先生《四季读书乐》四首

其　一

准确朦胧两侧枝，思维切换智殚时。
模型测罢波盈率，曲线群峰尽是诗。

其　二

辟径攻关试水深，也曾翻越几巍岑。
先贤卓识开今智，每立新题道可寻。

其　三

黑暗光明续后前，讴歌总是艳阳天。
诗人好恶由心起，昼夜伊谁更自然?

其　四

杏坛雨细又风和，种玉还期硕果多。
闻报瑚琏堪大任，三杯醁酒佐幽哦。

白梅赋二首

其　一

不向泥盆咫尺栽，寒山冷野自由开。
遥看素淡冰魄卧，逸韵常邀墨客来。

其　二

白玉精神雅士姿，自来与雪顺天时。
南雄庾岭梅千树，最动吟情是此枝。

黄山诗草八首（新韵）

其一　登天都峰

栈道惊悬步步艰，岌峰一剑刺青天。
好风欲借三分力，送我瑶台会众仙。

其二　隔雾看莲花峰

沐洗凝脂裹浴纱，何方仙子隐莲花？
轻风着意时裁剪，剪碎朦胧露玉颊。

其三　始信峰观止

云霞蒸蔚嶂峦中，万壑松篁翠意融；
五岳三江皆逊色，绝伦始信到兹峰。

其四　梦笔生花

岩骨虬松士赞妍，痴凭野史觅诗仙。
丹青妙手谁泼墨？笔架为峰纸是天。

其五　飞来石

背负金龟鳌举首，仙石右望乐张腮。
天然翡翠峰巅落，莫是灵霄宝殿来？

其六　黄山五绝（石、泉、松、云、雪）

石爱泉声傍宛溪，劲松绝壁影相依；
白云涵谷浮蓬岛，霁雪晴山最秀奇。

其七　读黄山诗词

何劳笔墨费骚翁，入眼云峰自峻雄。
阅尽华章多少阕，文工宁有胜天工？

【注】此作获第三届“诗词中国”传统诗词大赛三等奖（海外组）。

其八　步苏轼《题西林壁》韵而反其意咏黄山

奇雄幻险岂凭峰，万象森罗本不同。
欲解黄山多面目，还须身在此山中！

游北京九首（新韵）

其一　香山公园

蜿蜒石径入幽园，万木丛深宿鸟喧。
栌叶香山红似染，经霜色久耐霜寒。

【注】此作获第三届“诗词中国”传统诗词大赛三等奖（海外组）。

其二　颐和园之秋

青纱半隐紫阁楼，潋滟湖光翠霭收。
弱柳西风斜日里，香销菡萏惹离愁。

其三　故宫（一）

碧瓦朱楼秀御花，明清曾是帝王家。
二十四代君更替，几处皇陵掩翠华？

其四　故宫（二）

雕梁画栋紫檀门，金殿兴修役万民。
古迹今珍诸景备，阊阖不见旧阍人。

其五　珍妃井

慧性娇颜媚帝心，谁疑宠幸避灾临？
不期死罪缘佳丽，玉殒梨花井底魂。

其六　立景山眺望北海

闲云淡淡碧天遥，白玉妆成宝塔高。
指点轻舟明鉴里，风拂柳舞遍堤桥。

其七　景山崇祯上吊之树

朝政昏庸殍骨堆，烽烟遍地晚明摧。
可怜天子成悬鬼，贻树千秋道是非。

其八　登八达岭长城（一）

逾岭迎涛东入海，横穿西北过居庸。
嫦娥应喜人寰迹，广袖常舒舞碧空。

其九　登八达岭长城（二）

叠嶂重峦远目苍，烽台万古矗高冈。
风吹峻岭初冬雪，雾染关城落日黄。

儿子婚礼四首（新韵）

其　一

耶稣见证尔齐眉，丽日庄园草木辉。
一吻香唇天已鉴，此生比翼翥云飞。

其　二

树喜拥藤淡曜中，藤思缠树绿朦胧。
雎鸠已是凝眸醉，似饮香醪浅浅红。

其　三

缘何新囍目犹潸？“不易”一声盖万言。
卅载含辛儿记取，高堂百味化成甘！

【注】不易：指儿子婚礼演讲中说“老妈，您真不容易”，老妈顿时潸然泪下。

其　四

只为司仪践诺言，三更礼罢五更还。
塔斯曼海深千尺，堪比真朋义迫天？

【注】儿子中学同学、婚宴主持人在悉尼工作，午夜婚礼结束，清晨四点乘机返赶去上班。“塔斯曼海”系澳大利亚和新西兰之间海峡。

贺妹五十九生辰（新韵）

谁信惊鸿甲子年？青春偏爱臆达观。
心随歌舞邀明月，益寿何须不老丹！

为儿三十生辰而作（新韵）

暂不啼鸣隐九皋，声闻旷野待明朝。
会淋沛雨泽千树，我鹤排云翥碧霄。

【注】儿名“李一鹤”，职业为医生。

重访二十二年前留英攻博母校（新韵）

成均依旧楼森立，教授音容已杳然。
摇曳梧桐痴笑我：流年不驻怎追还？

教鞭与吟鞭（新韵）

难禁墨客斗诗酣，飞上吟坛下杏坛。
曲线左屏骚右键，双鞭次第舞蹁跹。

观　棋（新韵）

煞气开局笼弈枰，千秋霸业赌输赢。
运筹不必唯沙场，咫尺驱奔百万兵。

晋升首席教授有感三首（新韵）

其　一

教授头衔冕首席，金经引领在梅西。
卅年砥砺磨一剑，宝锷迟辉愈利犀。

【注】金经：金融经济学（本人指定的学科领域）。

其　二

岂因业就便逍遥，露浥春泥更沃苗。
两地争妍桃李绽，奇葩蔟蔟展风骚。

【注】两地：新西兰和中国。余兼职南京大学教授，既指导梅西大学也指导南京大学的博士、硕士研究生。

其　三

世人只道我情痴，竟日茫惚伴苦思。
谁解屏前无昼夜，既得抃悦亦得知？

咏北京香山秋枫遇冬雪四首（新韵）

题注：见香山公园官网 2015 年 11 月 7 日“香山新闻”：红叶一般在秋末就会落完，雪一般在初冬才会降临，而她俩却偏偏相遇，这景色十分珍贵。半山红叶半山雪，一半秋去一半冬来。有此难得一见的美景，不可无诗咏之，遂成七绝四则。

其　一

惯喜霜天染叶红，不期雪至亦交融。
玄冥唯恐枫独秀，故把深秋作孟冬。

其　二

杜牧山行或过时，红浮素卧许新词：
丹枫邂逅梨花友，联袂羞煞二月枝。

其　三

雪气一山寒冻月，枫情万种热扑人。
且糅冰火成诗句，雅客邀来共酒吟。

其　四

彤霞炽烈枫怀抱，净玉恬泊雪品行。
偶撰一联题景照，浮生留取作东铭。

新普利茅茨纪游八首（新韵）

其一　一咏南半球富士山塔拉纳基

扇贝天悬豁眼青，莫非富士有孪生?
羞同御姐争名誉，只把琼姿媚澳溟。

【注】澳溟：指澳大利亚与新西兰之间的塔斯曼海。

其二　二咏南半球富士山塔拉纳基

轻展云鬟秀可餐，苍天屏气海痴然。
情钟靓女心何老，千里驱车探玉颜。

其三　鱼骨桥戏作

风食肉尽骨森白，铸就奇桥迓客来。
敖广闻知休起躁，怡然绝景释公怀。

其四　灯光节公园赏灯

繁星璀璨坠银河，流彩音符处处歌。
草木摇光花弄影，缤纷迷我醉吟哦。

其五　美术展览馆

百镜一围壁引光，玻璃世界幻觉墙。
画师素笔倾心绪，流派纷呈耐品尝。

其六　二十里海边步道清晨散步

海鸟悄声问早安，沧溟静谧映天蓝。
白云盛意邀吾至，廿里随行索锦篇。

其七　Stratford 小镇题诗

镇傍莎翁小不妨，街名惹眼剧中详。
铁琴更奏罗朱爱，曲绕钟楼感绕肠。

【注】罗朱：罗密欧与朱丽叶。

其八　听 Otorohanga 小镇故事感作

小镇奇闻远迩知，英商沮丧败官司。
图腾今日犹高傲，恰似当年胜诉时。

贺学生伍革资双亲八十同寿（新韵）

子孝媳贤最爱卿，双星偕寿两八零。

三分稼穑七分趣，小院长留晚照明。

【注】伍革资夫妇为父母购置了一处带院子的小别墅，供二老种菜养花、颐养天年。

词

鹧鸪天

岁杪答谢国内书法友人书拙句

抱憾诗书未结缘，北霞漫剪补南天。冰蟾夏取吾斸燥，绿蚁冬温尔御寒。　　宣有限，识无边，龙蛇衔句两相关。一池浸润心扉墨，滴注青春入暮年。

【注】此词步熊东遨先生《鹧鸪天·答长河》原韵。新西兰岁杪为夏季。

鹧鸪天

寄谢云帆再用忆雪堂同调《答长河》韵

甫与云帆结善缘，诗槎敢闯九溟天。回翔断雁声曾急，抖落飞蓬雪不寒。　　嵚足底，白颅边，亏她指我道阳关。如何故事翻新说？且把心香炷过年。

清平乐

姑苏寒山寺

招提重复，何幸宗风续。落月霜天千载读，祖寺国清遐瞩。　　纷至客瞥诗碑，古情似惹今迷。纵有浮生愁绪，几多张继秋思？

水调歌头

仰月唱东坡中秋词次其韵

古月今无影，今月古参天。浩思喷出绝唱，超旷著千年。匀遍清辉九地，难蔽秋空浮霭，江海捧光寒。得趣诘云汉，大道自其间。　　耽蟹紫，忆枫赤，枕菊眠。不瞻高处，客梦长驻故山圆。更把孤情新旧，迭奏三和遐迩，万类跂归全。我遣酣吟去，桂魄答娟娟。

忆旧游

合肥故土情纵歌

秀镶珠九域，抱月群湖，大蜀云收。把卷庐阳事，历千年镇扼，淮右襟喉。拊髀亘古人物，八百毕琳璆。信劲翮摩天，长翘压霱，鹤背风流。　　悠悠。叹回首、恁卌载缠绵，断续离愁。黉影依稀远，剩朱墙映日，碧柳摇秋。斛兵社燕来去，谁独梦勾留？奈楚客难归，挠怀破晓钟响楼。

【注】九域：指合肥市下辖的四县、四区、一县级市（代管）。八百：安徽名人馆汇聚了八百多位古今安徽名人。斛兵：指合肥工业大学（笔者母校）的斛兵塘，有1700多年历史。末句指合肥大钟楼。

望海潮

六五初度梦游花果山赋此自寿

云台殊胜，饶余猴属，平生叩祖无缘。霞洞映帘，灵猿啖果，幻来枕畔崇巅。沧海碎冰盘，翠屏隐神草，清啸双仙。邂逅承恩，推诚把盏细斟澜。　　奇书却味辛酸。诉经年苦雨，几度青毡。筇印箬溪，湖探震泽，雏型精怪存删。西佛即心源。金箍澄玉宇，谁复齐天？醒忆山门顶上，电目射人寰。

【注】双仙：指谪仙（李白）与苏仙（苏东坡），皆留下咏云台山诗，前者有句云“明月不归沉碧海”，后者有句云“旧闻草木皆仙药”。西佛：当地民众对家家供奉的斗战胜佛之称谓。

转调满庭芳

暮春回国登金山慈寿塔

葱倩风薰，寻莲归雁，巨溟蓝蔚飞涉。镂金殿拱，一塔岌峨屹。尽弭闲愁决眦，翠意抱、江天吴越。青锋剑，腾空如许，经火淬殊绝。　　流光催鬓老，翻羡尔、不朽精魄棱骨。信佛云能补，残缺襟褶。俯视芙蓉默句，冰心遣、玉壶霜洁。斜阳下，虚舟远放，连梦接寥阔。

【注】此词押仄韵，依钦谱（格七）。寻莲：清代诗人张船山有诗喻金山为“妙莲”云：“那管风涛千万里，妙莲两朵是金焦。”慈寿塔千百年来曾毁于大火、战乱，屡毁屡建，几经修缮。芙蓉：指唐代诗人王昌龄《芙蓉楼送辛渐》诗中的芙蓉楼。

疏　影

女词人丁宁《还轩词》读后

江关苦旅，有笛哀裂竹，山斗推许。破碎金瓯，悲啸欷歔，篇追漱玉南渡。犹弹白石扬州慢，盖历劫、弦声尤楚。陟上峰，自广灵襟，一系患忧于庶。　　寥寂酸吟澈骨，怕闻蹇舛命，严雪凄雨。惨色惊心，泪渍盈笺，绣阁词流惟汝！孤檠断梦三生愿，但至善、倚声俦侣。怅已遥、兰魄梅魂，绝调孰堪承炬？

【注】山斗：指郭沫若、夏承焘、龙榆生、施蛰存、张中行等。漱玉南渡：指李清照《漱玉词》中南渡之后作品，其词风词格大变，多惓怀故里，深忧国事。

台城路

潘伯鹰先生《玄隐庐诗》读后

怅叹琼玉湮埋久，菁华拂尘何晚。浅唱悲歌，凄凉激越，感世筝鸣声颤。刳肝付简。籍孤诣微辞，轸忧民寃。一叶虚舟，不渝夙志任潮乱。　　忆曾绛帐颖秀，火传薪尽地，桐城承砚。子美沉雄，义山丽密，转益多师豪婉。吐珠蚌满。更大道胸藏，邃深提炼。临牖怀公，素丝蟾影绾。

【注】虚舟：潘伯鹰有诗句云“此生惟合喻虚舟”。微辞：见汪茂荣文《潘伯鹰〈玄隐庐诗〉“微辞”发微》。

水调歌头

忆游三河古镇

鹊渚河环拱，抚景立廊桥。云舟犁出漪涣，清韵绿波敲。柳线鱼攀弄影，霓旆风梳流采，画卷倩谁描？惬否水乡意，只管问眉梢。　　访八古，登朱阁，品佳肴。最怜仨月圆梦，吉卜总良宵。怪道升州重现，楼与人咸号甲，泽霈及儿曹。曾染粟陈旅，城上日犹昭。

念奴娇

白云之乡寄情巢湖

放翁应许，摘片云我蓄，南谯情结。渐少青丝缘底事？四绝心期风物。棹递渔歌，屿吞鹭影，都付吟商发。滨湖烟翠，近涯尤恋街樾。　　袅袅拥岸潮音，徽风送至，乍觉清诗骨。横笛遥吹千顷绿，舒啸合宜胸阔。楚汉争雄，江淮作赋，奚止论英杰。莫嘲痴问，姥山邮否明月？

【注】陆游《巢山》诗句云：“何曾蓄笔砚，景物自成诗。”清巢县知县孙枝芳诗句云：“天与人间作画图，南谯曾说小姑苏。”四绝：湖光、奇花、温泉、溶洞。

沁园春

天柱峰

欲坠玄穹，一柱奇擎，底处忽来？信松横绾住，烟岚绿梦；瀑飞洗却，木石陈怀。巇崿生云，篔筜积翠，菡萏峥嵘弗谢开。嵯峨地，供腾凌八皖，稽古登台。　　宋唐妙句天裁。更皖学鸿儒煜两淮。看文章意邃，应摇海宇；诗词韵隽，自隔尘埃。百载骊珠，补他莲字，苏谪双仙推许哉？远尖望，有嶔崎托日，赤抹峰崖。

【注】百载骊珠：指《安徽近百年诗词名家丛书》。莲字：柱峰下谷口的莲字崖，又称“诗崖”，相传上面刻有李白与苏轼的诗。乡人称夕照中遥望天柱峰为“望远尖”。

青玉案

诵稼轩《青玉案·元夕》

薰风似解元宵赋，近窗卷、高吟去。霁月纤云词魄护。酌无天醴，插无麝炷，仍醉无纷绪。　　陶然忽忆观堂语，三境三公恐难许。倦了阑珊灯火处。花教轻剪，龙教翔舞，良夜教怡度。

【注】新西兰时下为夏季。观堂：王国维号。三公：此处指晏殊、欧阳修、辛弃疾。

行香子

闻某诗人云“从来我不在江湖”，勉成此调

偶探骊珠。灌顶醍醐。愧醒迟、识陋才疏。吟坛壁垒，华屋丘墟。惑孰高下，孰加减，孰兰刍。　疑团纵在，懒问闳儒。算先贤、李杜辛苏。阿谁自辨，廊庙江湖？者十分傲，三分哂，七分娱。

行香子

入真性情小诗群有作

陌路同舟。问甚来由。将谜底、逸趣中留。记曾七子，沾些风流。令物涵意，意激感，感催讴。　浮音散尽，情袅箜篌。许写他、柳恨花愁。纷繁世事，也到眉头。试把银丝，趁银夜，绾银钩。

高阳台

瞿塘峡怀古

万马争门，一牛望月，蜀川浩气岚收。掷出苍龙，吹潮怒鬣滪洲。水从夔峡皆东向，弄风琴，浇尽诗愁。掞鸿词，不坦幽襟，也袖春秋。　猿声鸟道时空里，剩巴人楚客，泪落归舟。莫涕《登高》，孤怀病骨碑留。夙闻墨客居官禄，独思量、谁不蒿忧？眺千山，翠扑江云，白帝掀旒。

【注】据考证，历代有不少著名诗人如王十朋、陆游、杜甫、刘禹锡等曾在奉节为官。

满江红

壬寅中秋望海月

他夜金波，都不似、中秋颜色。料玉镜，子时方照、彼洲相识。旧曲例翻新曲度，商声每被心声嗆。幸幽襟，客涉纵重洋，堪题墨。　　低俯听，澜下濼；高仰见，云边煜。奈杞人忧遍，坤南乾北。徒耸红羊增块垒，会来紫气犹蟾魄。待何人、斫桂效吴刚，淦河謐。

【注】“子时”指新西兰时间，新西兰与中国时差四小时。

凤凰台上忆吹箫

读秦淮诗游秦淮河

多少吟笻，淹留金粉，凭添六代风流。抑或是、繁华舍此，绮梦难求。艳在莺弦柳韵，亡国事、商女争忧。共谁说，金陵玩月，二水分洲?　　依然珠歌翠舞，箫声软、影灯画舫迷楼。恤佳丽、琵琶掩面，似喜还羞。翻问胭脂旧水，何时净、不染新愁。徘徊久，文枢匾下凝眸。

浣溪沙

步韵遥寄诗友潇雨祝寿

占得宸州一角春，九衢无处不香尘。漫浇吟草绣罗茵。　　合为婵娟期把盏，岂由龃龉碍归亲。启心逐入是清芬。

摸鱼儿

神游大洪山

问何奇、擅名清始，此山雄冠荆楚？洪荒不见汪洋矣，太息沧桑无数。心翼举。俯鄂域平原，望小神州路。镜湖画树。抱碧水双龙，洞天涵月，五彩幻钟乳。　　禅宗地，最喜晨钟暮鼓，杞人听散愁绪。摩他雅客残碑句，把臂神交吟侣。骑梦去。摇巨笔、天然盆景移诗土。峰峦争妒。取横尾风光，色涸襟袖，醒读满身赋。

【注】横尾：横尾山。

临江仙

见某大诗人说“用红豆抵抗玫瑰”因作

一例春情盈二物，痴魔心色拴之。替人浥泪断肠时。形殊神讵悖，联袂种相思。　　难了相思翻作恨，异文赡足瑰辞。大千共浴是蟾辉。问渠摩诘意，域外抵曾谁？

【注】此作获西山诗社 2019 年 3—4 月红包社课二等奖。

八声甘州

霍克斯湾塘鹅陆地越野之旅

抱天涯东极一披襟，吟竿钓沧流。笑惊涛白练，吹笳擂鼓，欲捆青洲。回望嶙峋石壑，隐约路螭虬。终见巉崖上，奇壮斯游。　　唤取精灵问语，道扶摇浩瀚，搏意难收。叹将雏营穴，多少稻粱谋。笃鲽鹣、殷殷容彼，任雨风、摛锦共春秋。他年返、者砂岩岬，端侑赓酬。

【注】新西兰霍克斯湾是全球最早迎接日出的地方之一，其拐子角拥有世界上面积最大的塘鹅栖息地。

金缕曲

暮秋回国游滇池纪感

参久髯翁句。我今来、登楼领略，旧情新趣。云外清风挲岑黛，夕照池央似煮。旋鸥鹭，牵吟曼舞。蟹屿螺洲犁浪去，掬粼粼碧水灵台注。浑未觉，近曛暮。　　鬓边旅梦星霜聚。贴孤篷、巨浸鲸波，两洲风雨。攒植成均葳蕤播，勿问此生庸否。哪堪老、前尘频顾。四季湖山殊形色，恐踟蹰、错把金秋负。孰共彻，大观悟?

【注】髯翁：孙髯。两洲：欧洲（英国，留学之地）、大洋洲（新西兰，工作生活之地）。

卜算子

月

不梦弄姿花，但梦分辉月。前梦缤纷误眼迷，后梦存高节。　　影俏任云磨，星妒魂犹雪。四季探窗不辨谁，一例关情切。

水龙吟

读杜甫《秋兴八首》

秋空争胜春空，直教大雅苍凉赋？霜凋万树，两开菊泪，催人悲雨。拾翠春情，帷宫浮丽，锥心尤楚。叹天钧异响，浑茫谁似，邃如许，襟何处。　　弥望窭贫黎庶。致君忧、萍蓬一路。夔门恻怅，帝阍绵隔，猿啼听苦。匝地云阴，兼天涛涌，世忧兹诉。寄孤衷、怪道低吟犹是，琳璆千古。

临江仙

戏题自我

未到生涯将尽日，拿云意渐消磨。当年轩鹤叹蹉跎。顾惡饶况味，灵梦与南柯。　　诗苑近来拈惠色，品花辩玉规摩。疏狂不减仰东坡。庭阶常小坐，把卷对青哦。

鹧鸪天

海外遥贺健康中国金科杯诗词大赛圆满收官

一结金科翰墨缘，分辉北月到南天。家山复绿泉泉澈，客梦行歌曲曲弹。　　诗有限，韵无边，高怀岂与奖相关。骚人会得西山意，已助清风拂百川。

贺新郎

丁酉年岁晏写怀

夏景钟谁秀？对松窗、白云奉喜，青山抄手。豪府缨冠他人事，但梦竹溪林岫。常憾惜、闲难我有。甘效津梁川上卧，顾平生、陶铸痴迂叟。鬓浸雪，愫依旧。　　老来雕琢精心镂。鉴箴铭、作诗高格，做人昂首。玄象坤灵皆吟趣，却怕吟鞭腐朽。奈自翦、唐裾宋袖？且挹家山甘霖水，向南瀛、润笔妆陵薮。共月酌、茅台酒。

【注】夏景：新西兰岁末是夏季。此作获第四届“诗词中国”传统诗词大赛三等奖（海外组）。

莺啼序

咏长江抒怀

融冰顿成浩瀚，向归墟志远。是襟带、万里横陈，不屑云雪幽涧。赫然去、潮音弄笛，狂歌欲撼群峰巘。问春阳秋魄，沧桑阅尽谁叹？

千古回眸，枭雄骚客，缀典书青简。忆赤壁、凭借东风，周瑜重创曹算。复中原，江流击楫；破吴旅，火蛇如剪。况钟山、风雨苍黄，王旗终换。

沧茫犹蓄，文脉清流，汇诸多俊彦。墨洒处、瞿塘崖险，鹦鹉洲萋，白帝舟轻，锦章争炫。草堂落寞，怀沙抱石，但留传世鸣金赋，幸诗豪、天命虽乖舛。萧条异代，都付笔下高吟，雄奇更盖凄怨。

浮生泛棹，际遇波澜，有素衷未涣。纵鬓老、金陵曳练，禹域于胸；赣水听涛，寰球放眼。庐州梦绕，当涂情系，巢湖一叶曾醉我，伴椿庭、尤觉周身暖。心河泻若金沙，能绿前川，几方丘甸？

【注】归墟：传说为海中无底之谷，谓众水汇聚之处，见《列子·汤问》。“复中原”句：典引自《晋书·祖逖传》。“破

吴旅”句：典引自《晋书·王濬传》。“纵鬓老”句：余曾赴南京大学、江西财大分别做有关中国宏观经济及国际金融经济的学术讲座，并游览当地名胜。“庐州梦绕”句：余故乡在安徽。

后 记

“大雅由来尚正声，吟坛何用漫相争。春兰不必同秋菊，但抱幽香品自清。”（刘梦芙诗）诗之典雅与通俗，诚如春兰与秋菊，虽形神色彩各异，却同样令人赏心悦目。何为典雅之诗，何为通俗之作？不必从典籍中寻求定义，有人就曾做过颇能抓住二者各自特点的分类：通俗作品一般具快读特点，而典雅作品一般具慢读特点。典雅篇什之所以须慢读，盖因其国学文化含量高，内涵意蕴深刻曲折，读者做不到一览无余。

笔者对雅俗共存从无异议。然近几年来，由于诗词界极力倡导“诗词走向大众化”，典雅、高古、深刻而同样反映当代人思想情感与社会生活的作品，大有被边缘化的趋势，已造成诗词界生态的严重失衡。诗词赛事中获奖的多为通俗作品，它们大多确是上乘之作，并且快读便能读懂。但笔者也浏览过一些“高大上”的学术型诗词期刊，如《诗词界》《爽籁》《诗词学》等，内中刊有近现代名家诗词选，当代网络诗词选，当代大学生诗词选等。这些精挑细选出来的作品当归于典雅名下。它们也是作者所处时代的现实与情感的折射，然其意境之深邃、造句之高雅、功力之浑厚、学识之渊博、诗味之隽永、技法之娴熟，令人叹为观止。不通过慢读，势难读懂，更遑论欣赏。然这些佳制未必能在以通俗化为主旨的诗词大赛中金榜高中。

什么才是好诗？有人提出：“可以使读者眼前一亮、心里一颤、喉头一热的作品是也。”这个概括十分精彩，容易记，但只适于通俗诗：唯“快读”之作，方可能产生“一亮”“一颤”“一热”的效果。例如，“有人名字绕心田，借酒酣时说李娟。众友无言秦旭哭，吾妻已死十三年。”这当得上喉头一热的佳作。再如，“小街新霁褪浮华，夜色柔成一路纱。怀里女儿天上指：‘雨将月亮打湿啦’”这应该算眼前一亮的好诗。

读高雅诗作并不能立刻体味其精彩之处，然愈品会愈觉有味。林岫教授曾举“桃源此日春依旧，底事渔郎不问津”为例：初读时只觉“尚可”，继而沉吟再三，方觉有深意——在物欲横流的尘世，不少文人也免不了追求名利和虚荣，这些“渔郎”岂会对“津”再感兴趣，岂能再写出陶渊明那样的传世佳篇。如此有厚味的诗，显然不是“眼前一亮、心里一颤、喉头一热”之类的作品，但谁能说它不是好诗！对好诗的标准，笔者认同“三新（美）”之说：意境新（美）、情感新（美）、语言新（美）。有一新（美），便是好诗；若能将三新（美）均凝聚笔端，则为大好之诗，如熊东遨先生的诗句“峰甘冷落和云隐，水爱清明抱月流”“虹因雨现终难久，峰被云遮不失高”“何愁月淡分辉薄，只恐墙高出杏难”“炎凉识遍难成恨，离合看多不说愁”等。已故吟坛前辈袁第锐先生评道：这类典雅之作首重意境或情感新（美），无论言情说理，必新意迭出；次重语言新（美），妙语联珠，隽词如注，莫不独出心裁，引人入胜而不落言诠。

笔者曾在网上读过一篇有关诗词语言的文章。乍看标题便立生阅读冲动，然读后大跌眼镜：诗的语言竟是白话（所谓“白话”，依鲁迅的说法，就是“明白如话”，而“话”指口语）！该文开篇用房皞《读杜诗》中“欲知子美高明处，只把寻常话作诗”引出话题，继而再引曹植、李白、刘禹锡、崔护、白居易等的“大白话”诗句，证明古贤追求白话诗。对此，笔者不敢苟同，提出几点异议，就教于方家。其一，此文引例有以偏概全之弊。以杜甫为例，他的诸多高雅传世之作，如《秋兴八首》，哪一句是白话？果真如此，就不劳叶嘉莹教授出《说杜甫诗》一书进行全面的讲解了。在名家诗词中，通俗（不等于白话！）只是作品风格的一种，不能涵盖总体风格。仅挑有利于自己的部分事实来支撑立论，难以奏效。其二，即使该文引证的古代名家作品，所用语言可以说是浅显，却绝不是白话。比如，曹植的“煮豆持作羹，漉菽以为汁”，今人翻译成：“锅里煮着豆子，是想把豆子的残渣过滤后，留下豆汁来做成羹，把豆渣压干做成豆豉。”无疑，前者是诗语，后者才是白话；而一旦用了白话，诗语便不复存在，诗味亦随之荡然无存。其三，白话入诗文，早在“五四”时期胡适等人就已鼓吹呐喊过，所产生的新诗统治了诗坛几十年，却未见有多少传世之作。今天要求白话入诗词，这诗词岂非成了受格律束缚的“新诗”？诗词之有别于新诗的语言艺术何在？没了优点，却多了格律束缚的缺点，这样的“诗词”要它作甚？可见，鼓吹白话入诗词，无异于扼杀中华文化之瑰宝！其四，该文作者似乎也担心白话入诗闹不好会变成打油诗，于是强调白话诗仍需各种手法予以加工锤炼。殊不知，格律诗词各种加工锤炼手段的一个重要目的，是升华语言艺术。然而，从白话到白话，再怎么锤炼也不会成为诗词语言。该文作者举了以白话写就的《鹧鸪天·农民工》一词为例，试图展示白话入诗的成功。此作真情感人，但笔者怎么看都像一首打油“词”。打油诗也可以有好作品，但毕竟不是诗词。其实，该文作者骨子里轻视以白话为载体的打油诗，欲将白话入诗后的“诗词”与它们区别开，却显得十分吃力。即便是白话中个别当代语汇，虽可偶入诗词创作，“然须慎之又慎耳”（梅光迪）。

南宋张戒曾用“遇奇则奇，遇俗则俗”赞杜甫该雅处不辞雅，该俗时不避俗之灵活诗风。有“雅”之功力，还愁“俗”之难为？先哲今贤的创作实践表明，雅与俗两风格俱佳，没必要扬此抑彼。笔者赞同诗风尽可能兼容并蓄，学习杜甫等大师针对不同题材采用不同风格。培养自己更多的诗词风格，或可带来更多的创作空间。总之，典雅而不故作晦涩，通俗而不流于“口水”，如此之典雅和通俗共存，应是“大雅由来尚正声”中“正声”之含义。

以上所谈，仅为笔者对荦荦大者之管见，而《闲韵野律》所收作品，系践行此管见之尝试。汇编既就，辄呈叶如强先生审览并求序，叶君拨冗作序并题写书名。庄毅生先生也在百忙中撰写了诗集读后感。吴雪先生、桂建平先生、李洪峰先生、孙进将军等诸位书法大家慷慨赐墨宝，令本书大为增色。本书出版过程中还得到吴文娟女士、刘晓光先生、叶宁先生的鼎力帮助与支持。对上述所有人，谨深表谢忱！遗漏、谬误之处，乃笔者之责，与他人无涉。

李晓明

2021 年 12 月 26 日于新西兰奥克兰